ゼロと呼ばれた男

鳴海　章

集英社文庫

ゼロと呼ばれた男

The man who was called "Zero"

――K一等空尉へ

プロローグ

一九八九年一月、成田《なりた》新東京国際空港。

日本を脱出して海外で正月を過ごす旅行客は、四十万人にも達するといわれる。成田空港のロビーは、人波で息苦しいほどだった。

午後三時十五分。アナウンスが流れ、英字新聞に眼《め》を落としていた男が顔を上げた。

「アリタリア航空二一一便、ローマ行きは機内の清掃と点検に時間を要し、あらためて出発のご案内を申し上げますまで、今しばらく当ロビー内にてお待ち下さい。アリタリア航空二一一便、ローマ行きは――」

彼は表情を変えずに出発便を知らせる掲示板を見ていた。筋肉質のがっちりとした身体《からだ》つき、短く髪をカットしている。太めの眉の下、澄んだ双眸《そうぼう》に蛍光灯のあかりが反射していた。

彼はローマ経由で、イスラエルに行く予定だった。ローマからはエル・アル航空がベングリオン空港までの直行便を飛ばしている。

彼が乗るアリタリア航空二一一便は午後一時に出発する予定だったが、連絡便の到着が一時間遅延すると発表されていた。実際には午後二時半近くになって、ようやく到着したものの、今度は機内清掃と点検に時間がかかると追加発表された。掲示板には、出発予定時刻が一六：三〇と表示されている。

彼は溜《た》め息《いき》をつき、新聞をめくった。

三面の小さな記事に眼を止めた。ジャパン・エア・セルフ・ディフェンス・フォース——航空自衛隊という、彼にとっては馴染《なじ》み深い言葉が見出しになっていた。

記事を読み進めた。

昨日、午後八時、茨城県の航空自衛隊百里《ひやくり》基地を発進したF－15Jイーグル・ジェット戦闘機が『エンジン故障』という通信を最後に鹿島灘《かしまなだ》に墜落した。操縦していたのは江畠一郎《えばたいちろう》二等空尉（29歳）。捜索にあたった第一管区海上保安本部の巡視艇が房総《ぼうそう》半島の東九五キロの海域で漂流している江畠二尉を発見したが、すでに死亡していた。航空自衛隊航空幕僚監部が発表したところでは、同機は午後七時五十分頃からエンジンの不調を訴え、江畠二尉は緊急脱出したものの水死したと見られている。なお、墜落の原因については目下調査中で詳細はわかっていない。

彼は眼を閉じた。

暗い闇の底に沈む航空自衛隊基地に、断続的に六回にわたって鳴り響くサイレンの音が聞こえるようだった。始業と終業の時以外に鳴るサイレンは、緊急事態を告げる。四回で止まれば基地内での事故を知らせ、六回であれば場外救援。航空自衛隊の場合は大抵が作戦機の墜落を表す。

基地内はもとより基地周辺を取り巻く隊員たちの官舎にも死の静寂が訪れるのだ。場外救援を知らせるサイレンの響きは、幾度となく彼の脳裏に刻みつけられた忌まわしい記憶となっていた。

もう一度最初から記事を読み返した。

二十九歳で二等空尉ということは、航空学生出身のパイロットであろうと想像がつく。防衛大学校を卒業していれば、その年齢に達する頃には一等空尉にまで昇進している。彼も、航空学生として自衛隊に入り、戦闘機を飛ばしていたのだった。

胸の中が空っぽになり、かすかな吐き気すら覚えた。

高校を卒業し、筆記と面接の試験に合格した後、三次試験で実際に四回の飛行を経験した上で合否判定が下って航空学生となる。それから二年間は飛行機に触ることもなく山口県防府《ほうふ》北基地で航空学生課程を受け、その後三年間をかけて、同じ防府北で第一初級操縦課程、福岡県芦屋《あしや》基地で第二初級操縦課程、静岡県浜松《はままつ》基地で基本操縦課程、宮城県松島《まつしま》基地で戦闘操縦基礎課程を経て、宮崎県新田原《にゅうたばる》基地で実際に戦闘機の機種転換操縦課程を終えて、ようやく戦闘機乗りになる。

五年間――。

その間、同級生が脱落していくのを見ながら、歯を食いしばって戦闘機乗りの夢にしがみつくのだ。実際、戦闘機パイロットになれるのは、ほんのひと握りに過ぎない。

航空学生の制度は、日本におけるファイターパイロットを養成する唯一の専門コースだった。この卒業生が航空自衛隊の第一線パイロットの大半を占める。

咳払《せきばら》いが聞こえた。

彼は眼を上げた。

白いコートを羽織り、仕立ての良いチャコールグレーのスーツを着て、細身のネクタイを締めた男が立っていた。彼が手にした新聞をのぞきこんでいる。目が合うとにっこり微笑《ほほえ》んで見せた。目尻に太い皺《しわ》ができる。やや厚めの唇から白い歯がこぼれる。

「イーグルは高価な戦闘機だ、実にもったいない」白いコートの男は流暢《りゅうちょう》な英語でいった。

「確かに」彼も英語で応えた。

「ローマ行き、二一一便か?」

白いコートの男が訊《き》き、彼はうなずいた。

「私もさ。ついてないな。だが、イタリア人の飛ばす飛行機が時間通りに運航すると思う方がどうかしている」白いコートの男は勝手にまくしたて、次いでずばりといった。「あんた、パイロットだろう？　それも戦闘機の」

彼は怪訝《けげん》そうに眉をしかめた。視線が鋭さを増す。白いコートの男に訊き返した。

「なぜ戦闘機パイロットだと思うんだ？」

「戦闘機乗りは目がきれいだからな」白いコートの男は、彼の視線を一向に気にしないで質問を続けた。相手が当然答えるものと決めてかかった口調だった。「どこへ行く？」

「イスラエルだ」彼は自分が正直に答えているのを不思議に思った。

「目的は？」

「職探し」彼はぶっきらぼうに答え、新聞に視線を落とした。

白いコートの男はコートのポケットから名刺を一枚取り出した。漢字がびっしりと羅列してある。そこに記されているのは中国人の名前だった。

彼はもう一度眼を上げて、男の顔をまじまじと見つめた。

「戦闘機乗りは高給だからな、就職活動は難しい。私のところには幸い仕事がある」白いコートの男は、再び開けっ広げな笑顔を見せた。「よかったら、あんたがどんな男か、教えてくれないか？」

「身の上話は趣味じゃない」彼はにべもなくいった。

「そうだな」白いコートの男は鼻白んだ。「一つ訊《たず》ねてもいいかな？」

「今さら遠慮するのか？」彼ははじめて白い歯を見せた。

彼の笑顔がいい——白いコートの男はそう思いながら、言葉を継いだ。

「なぜ、イスラエルへ行くのか、そのわけを知りたいと思ってね」

一九七三年八月、イスラエル、ゴラン高原北部。

狭い渓谷、乾ききった焦げ茶色の岩肌を、三機のジェット戦闘機がたてる雷鳴のような排気音が震わせた。

高度一〇〇フィート。

小型のジェット戦闘機ＭｉＧ《ミグ》－17、その銀色の機体が幅二〇〇メートルもない谷間を横倒しになってすり抜けていく。二七〇ノット――時速五〇〇キロ。険しい岩と機体の間は、二〇メートルもなかった。翼には赤く、シリアの国旗が描かれていた。

ミグの後方四〇〇〇フィートほどを降下しながら二機のＦ－４Ｅファントムが追尾している。ミグに比べて二回りも大きく、くすんだ緑と黄色で迷彩塗装を施されたイスラエル軍機。ゴラン高原で友軍がシリア軍戦闘機の攻撃を受けていると通報を受け、緊急発進してきたのだった。

ゴラン高原に到着し、いく筋もの煙が空を分けているのを見ただけで、地上で激しい戦闘が繰り広げられていることはわかった。

高原の北部にある険しいヘルモン山、その西にある谷間にさしかかった時に彼らはミグを発見したのだった。先行するファントム編隊一番機が〝敵機発見《ボギー》〟をコール、続いて二番機についてくるように無線で呼びかけた。二機のファントムは、同時に増槽《ドロップタンク》を投棄し、身軽になると右旋回を切りながら、速度を上げた。

二番機のパイロットには、最初、敵機の姿が見えなかった。ただ、一番機が増槽を切り離したのを見て、自らもそれに追随したに過ぎない。だが、ミグが陽光を反射した刹那、心臓が喉元にせり上がった。

谷間の灌木《かんぼく》を縫うような低高度。

信じられない光景だった。

飛行教則本のすべてを無視したような機動で、ミグは山肌に接するように飛行していたのだ。敵機は単独で北――シリアとレバノンの国境地帯に向かって飛んでいる。基地を目指して帰路についているのだ。二機のファントムは、アフタ・バーナに点火し、一気に速度を五〇〇ノット近くまで上げると、ミグの背後に迫った。

二番機のパイロットは、ふいに物悲しさを覚えた。アンフェアだ、と思った。

MiG－17は、旧式の戦闘機である。追尾しているファントムに比べて兵装も貧弱で、エンジンの出力も小さい。しかも単機。地表近くを飛行しているとはいえ、ほぼ真っ直《ます》ぐに飛んでいる。後方にイスラエル軍機が接近していることに気づいていないのだ。谷はミグの進行方向に向かって狭まっており、やがて上昇し、峰を越えなければならないのは自明だった。

　わずかな間でも山の端に機体をさらけ出した時、ミグは一撃で撃墜される。

　ファントム一番機のパイロットは、飛行隊で副隊長を務めるヴェテランで実戦経験が豊富な上に空中戦の腕も良かった。すでに七機撃墜のスコアをもっている。

「気を抜くな」二番機の後席員がインターコムで語りかける。

「敵機は気づいていない。七面鳥撃ち《ターキーシユート》だよ」前席で操縦桿《そうじゆうかん》を握るパイロットが沈んだ声で答えた。「目をつぶって撃っても当たるさ」

　後部座席でレーダースコープをのぞいているイスラエル空軍中佐アリエル・ラビンは酸素マスクの内側でにやりと笑い、腹の底で呟《つぶや》いた。

　もっと大人になれよ、日本人――。

　戦闘機のパイロットは大空を翔《かけ》る騎士ではない、とラビンはいいたかった。理想的な撃墜は、息をひそめ、標的から見えにくい位置に陣取り、隙をついて一気に殺す暗殺方法に似ている。空中では、太陽を背にしたり、敵機の後方や下方にある死角から忍び寄って攻撃するのだ。

　前席で操縦桿を握っているのは、航空自衛隊の二等空尉那須野治朗《なすのじろう》。研修という名目で米軍に派遣された那須野が、軍事顧問団の一員としてイスラエルにやってきたのが二週間前だった。

ラビンが出迎えた。

二週間前、那須野がやってきたその日、イスラエル空軍ハイファ基地には、熱く、たっぷりと湿気を含んだ、微《かす》かな風が吹いていた。乾季であるにもかかわらず、地中海に面した港町ハイファは湿った毛布のような大気に包まれていた。

照りつける太陽がアスファルトを焦がし、かげろう越しに滑走路がゆらめいている。二階建ての隊舎の前、米空軍の制服を着て、中佐の記章をつけた大柄な黒人フランクリン・F・バーンズが立っていた。腋《わき》の下《した》と背中に汗の染みが広がっている。オイルのように粘着力のある汗が額から噴き出し、こめかみと頬を伝って顎に流れる。バーンズは顔をしかめ、唇に一筋の汗を受けた。

メタルフレームの四角いサングラスの奥で、目をすぼめる。彼の視線は滑走路の南端に据えられていた。

つい五分ほど前に、彼が立っている場所のすぐ近くでエンジンを始動した戦闘爆撃機F－4Eファントム二機が、誘導路から滑走路に進入しようとしているところだった。

基地はどこでも同じだ、とバーンズは思った。

港町ハイファはイスラエルのサンフランシスコともナポリともいわれるほどに美しい。だが、毎日目にしているものといえば、滑走路とコンクリートの建物、アメリカとフランスで造られた戦闘機、ミサイル、航空燃料を満載したタンクローリー。それは米空軍に入隊以来、アメリカ本土、ハワイ、フィリピン、西ドイツ、そしてオレンジ色の埃《ほこり》が渦巻くヴェトナムで彼が目にしてきたものと同じだった。

くすんだ茶とサンドイエローの迷彩塗装を施されているファントムは、周囲の景色に溶け込んでいる。二機の戦闘機は、遠目には砂糖の上を飛びまわるハエのようにしか見えなかった。

バーンズには、滑走路に真っ直ぐ向きなおった戦闘機のコクピットが想像できた。一メートル四方もない狭い操縦席。アルミニウム製の硬い座席。背を丸め、計器盤越しにのぞきこむように滑走路を見ているパイロット。左手でスロットルレバーについている無線機のスイッチを弾《はじ》き、目は計器の上を走る。燃料流量計、エンジン回転計、ブースト計、発電機のモニター、異常を知らせるテレライトパネル。ヘルメットの内側に仕込まれたスピーカーからは、絶え間なく管制官の指示が響いている。呼吸と呼吸の合間に飛び交う、略語混じりの短い交信。そこは彼が十年もの間親しんできた空間なのだ。

操縦桿を握る右手には、ほとんど力をこめていない。操縦桿の〝遊び〟はほんの数ミリでしかない。わずかな動きでも動翼に変化を与え、機体が揺れる。操縦桿は、握るというより、つまむという感覚に近い。

二機のファントムは、同時にエンジン音を高めた。滑走路を覆うかげろうが、プラット・アンド・ホイットニーJ79エンジンの高周波ノイズに細かく震動している。バーンズには、左手でスロットルレバーを一気に叩《たた》き込んだパイロットの仕種《しぐさ》まで思い浮かべることができた。

アフタ・バーナ、点火。

機体後部の排気口に、オレンジ色の炎が閃《ひらめ》き、排気音は至近距離の雷鳴となり、砂漠の色に染められた二機の戦闘機は、蹴飛ばされたように加速を開始する。鼓膜を圧迫するエンジン排気音は、滑走路周辺の建物に反響してバーンズの身体《からだ》を抱きすくめる。耳栓をしてこなかったことを後悔した。

滑走路の南端を発進した戦闘機は、まばたきする間もなく、彼の目の前を通過する。機首が上がり、前輪が浮く。やがて機体全体がふわりと浮く。まるで自らが生み出した新たなかげろうに持ち上げられているかのようだった。二機のファントムは、空対空ミサイルを四発ずつ搭載していた。

パイロットなら誰でもそうするように、バーンズは離陸しかかっている戦闘機から目を離そうとしなかった。

ファントムは機首を低く保ったまま、離陸するとすぐに前輪と主輪を胴体下に畳み込む。一段と速度が増す。滑走路の北端を抜ける頃には、巡航速度近くにまで加速しているように見えた。次の瞬間、機首を四五度まではね上げ、急上昇に移る。

二機が天空の小さな点になるまで身じろぎもしなかったバーンズが、ゆっくりと振り返った。浅黒い肌をした、小柄な男が立っている。鼻の下にたっぷりと髭《ひげ》を生やし、小さな黒いサングラスをかけていた。イスラエル空軍の制服に汗の染みはない。

「あざやかな離陸ですな、中佐」バーンズがにやりと笑っていった。

「常に実戦で鍛えられていますからな」アリエル・ラビン中佐が淡々と答えた。

「なるほど。貴国のパイロットから見れば、我々は遊んでいるようなものだ」バーンズの口許《くちもと》に苦笑が漂う。

離陸して十分で国境に達する。国の三方を四つの国に囲まれ、そのいずれとも戦争状態にあるイスラエルの空軍パイロットは、戦闘機乗りの間で世界最強といわれている。

「フランキー、彼らが到着するまで、まだ三十分もありますよ」ラビンは腕時計に目をやり、それからバーンズを見上げた。「それまでここに立っているつもりですか?」

「間もなく来る。気の短い男ですからね」バーンズは再び滑走路の東端に顔を向けた。

ラビンは肩をすくめた。が、炎天下に半時間も立ち続ける必要はなかった。バーンズが睨《にら》んでいる空が低い、波動するような音に包まれる。ファントムに違いない。ラビンは眉を上げて、ぼそりといった。

「どうやら本当に気の短い男のようですな」

バーンズは肩越しに振り返るとちらりと笑みを浮かべて見せる。二人の将校は東の空に目を凝らしていた。

数十キロ離れた敵機を見つける電子の眼《め》――レーダーがいかに発達しても、空中戦で勝敗を決定するのはパイロットの視力だった。

現代の戦闘機は、レーダーで捕捉されると同時に妨害電波を発射して相手を攪乱《かくらん》する。結局、敵機を肉眼で捉えてからミサイルを発射せざるをえない状況に追い込まれることが多い。訓練を受けた戦闘機パイロットは、曇り空の下なら最大二五マイルも離れた敵機を見分ける。

バーンズは、二〇マイルほど離れていると思われる雲に目の焦点を合わせると素早く視線をずらし、東の空を監視した。

ほんの一瞬、空中に鋭い輝きが宿る。

戦闘機が機体を傾けた時、太陽光が風防に反射したのだ。目をすぼめ、焦点を合わせた。わずかに角度が変わると反射光が途絶え、輝点が黒点に変わる。接近してくる戦闘機のシルエットに違いなかった。

二〇マイル先の戦闘機は、白い壁についた針の先端ほどの塵《ちり》を、五メートルほど離れた場所から見るのに似ている。わずかでも視線をずらせば、二度と発見することはできない。機影を視認したパイロットは、目を凝らし、黒く小さな点を見つめ続ける。

「見つけた《タリホー》」バーンズは呟くようにいった。

「二〇マイルほどですね」ラビンも同じ方向に目を凝らしていう。それから笑って付け加えた。「さすが米軍、金持ちですな」

「なぜ、そんなことを？」バーンズは身じろぎもしないで訊《き》いた。

「増　槽《ドロップタンク》ですよ。両翼の下、胴体下、合計で三本の増槽を吊《つ》ってます。その他にもミサイルを搭載しているようですね。わが国では、よほどのことがない限りドロップタンクをたくさんつけることはありません」ラビンはこともなげに答えた。

つい先程離陸していったイスラエル軍機は、いずれも増槽を吊っていなかった。国境線での戦闘が確認されている。五分で空中戦に入るのは確実なのだ。たっぷりと燃料の残っている増槽を捨てるのは、合理的ではない。

バーンズは唸《うな》った。

空にぽつんと浮かぶ一点を視認することはできたものの、翼や胴体の下部に吊っている装備どころか機首の向き、機体の形状ともに視認することができなかったからだ。

イスラエル空軍は実戦の中にあった。ラビンの視力が、バーンズをはるかに上回るのは生命を賭けた戦いを生き残ってきたためである。相手より早く発見することが空中戦で勝つもっとも確実な方法だった。

バーンズは、接近してくる戦闘機が着陸するために高度を下げはじめたのを見ると、振り向いた。

「貴方《あなた》はあの機がもっと離れている時から見えていたというのですか?」バーンズは眉を寄せて訊いた。

ラビンは、バーンズの問いに答えようともしないで言葉を継いだ。

「たった今、エアブレーキを開きましたよ」ラビンがにっこりと微笑《ほほえ》んだ。「確かに相当気の早い男のようですな」

ファントムは、減速する際、翼下に台形の制動板を開く。それがエアブレーキだ。バーンズは鼻を鳴らして、再び空に目を向けた。爆音。だが、機影は青い空に溶け込んで一向に見えなかった。

十五分ほどで、グレーに塗装された米空軍のファントムが着陸、バーンズとラビンが待つ駐機場に進入してきた。

エンジン停止。静寂が訪れ、風の音が蘇《よみがえ》る。

二人乗り座席の風防が開き、前、後席の乗員が操縦席でヘルメットを脱ぐ。前席の機長が先に立ち上がった。バーンズは機長を見て、目を剝《む》いた。バーンズ自身、決して小柄な方ではない。だが、前席のパイロットはバーンズより十センチも背が高そうだった。

何よりバーンズを驚かせたのは、ヘルメットを脱いだ男の金髪が風になびき、肩にかかるほど長かったことだ。後部座席の男も立ち上がった。前席の男に比べると小柄だった。黒い髪、黒い目、浅黒い顔。遠目にも東洋系であることがわかる。

二人の乗員は、グリーンの飛行服、Gスーツを着け、サバイバルベストを着込んでいた。整備兵が小走りにファントムに駆け寄り、機首の左側にタラップをつけた。二人のファントムライダーは、操縦席を出て機体を降りると、足早にバーンズの前に来た。そろって右手を挙げ、敬礼する。バーンズとラビンが答礼した。

「第一四一飛行隊、大尉ハンス・ハインリッヒ・ラインダース。ただいま着任いたしました」金髪の巨漢が割れ鐘のようなだみ声で申告した。

「ご苦労」バーンズが手を下ろして答える。

ラインダースから視線を外したバーンズは後席から降りてきた東洋系の男の右腕に目を止めた。日章旗のマークが貼りつけてある。いぶかしげに視線を上げ、後席員の顔を見る。深い湖水を思わせる澄んだ眼差《まなざ》しが真っ直ぐに見返していた。

「航空自衛隊二等空尉ジロウ・ナスノ。ただいま着任いたしました」東洋系の男が敬礼をしながら張りのある声でいった。

バーンズは制帽のひさしにわずかに指が触れるだけの答礼をした。

いよいよ厄介事がやってきたか、とバーンズは思わずにいられなかった。日本人のパイロットがハイファ基地に着任することを空軍参謀本部が知らせてきたのは、ほんの三日前だった。

日本の電子機器メーカー三社が電子作戦機の開発に参加、その実地試験を行うために日本人パイロットが派遣される、と。

実戦の経験もなく、所詮は二流国に過ぎない日本のパイロットなど厄介な荷物以外のなにものでもない。

だが、一方で米空軍が地上の対空火器基地を制圧する電子作戦機を喉から手が出るほど欲しがっているのも事実だった。だから、やむをえず日本人を受け入れたのだ。その電子作戦機は『野生のイタチ《ワイルド・ウィーズル》』と呼ばれる。

ワイルド・ウィーズル機は、地対空ミサイルサイトから照射されるレーダー波を捕捉すると同時にその電波の特徴を捉えて『シュライク』ミサイルを発射する。シュライクは敵の発するレーダー波に乗って飛翔《ひしよう》するのだった。

ヴェトナム戦争時代、米空、海軍は、地対空ミサイルによる被害があまりに大きいところから、敵のレーダー波を解析する電子戦ポッドALQシリーズを開発し、F－105サンダーチーフやF－4ファントムに搭載してワイルド・ウィーズル部隊を編制するようになった。

ワイルド・ウィーズル機は、爆撃機隊に先行し、単機で敵のミサイルサイトを求めて低空を飛ぶことが多い。すばしこい動きから〈イタチ〉と呼ばれるようになったのだった。

電子機器は、数年の間に急激に発達した。

ヴェトナム戦争では、シュライクミサイルによる攻撃を受けるとレーダーを切ったり、妨害電波を照射するなどして対抗策がとられるようになった。米空、海軍が求めたのは、敵の策を上回る性能を持ったワイルド・ウィーズルなのだ。

日本とアメリカが共同で開発している電子戦ポッドを搭載したワイルド・ウィーズル機はやがて『G』タイプのファントムと呼ばれるようになる。

バーンズは深く溜《た》め息《いき》をついた。

バーンズはマサチューセッツ工科大学で電子工学を専攻、博士号を持っている。ケネディ大統領の登場、ヴェトナム戦争へと突入する中、バーンズは軍隊にこそ、自分の身につけてきたすべてを生かすフィールドがあることを確信していた。だが、黒人であり、空軍士官学校の卒業生でもない彼が出世していくためには、他人を寄せつけない力量を示す必要があった。

バーンズは高校生時代から大きな身体と敏捷《びんしょう》さを買われ、フットボール選手として鳴らした。が、大学に進学する時にフットボールをふっつりとやめた。彼の並外れた頭脳はフットボールがなくとも奨学金をもらうのに十分な資格を与えてくれたからだった。

実際、バーンズは大学では上位三人の中に入る成績を収めて大学院に進んでいた。

バーンズの専門は、航空機に搭載する電子機器、とくにレーダーである。

だが、イスラエルでワイルド・ウィーズルの研究をすることは彼の本意ではなかった。彼が夢に見ているのは、レーダーに映らない戦闘機、その後、『ステルス』と呼ばれるようになる戦闘爆撃機の実現だったのである。

そうはいっても、戦場が武器開発にとって情報の宝庫であることも間違いなかった。バーンズは空軍参謀本部に提出するワイルド・ウィーズルに関するデータ収集の上に、シリア、エジプトに展開しているソ連製レーダーの情報を集めることも同時に進めており、文字通り忙殺される毎日をおくっていた。

イスラエル空軍幹部は、一介の黒人中佐が夜も昼もなく、熱心で精力的に仕事をすることに感嘆していたが、バーンズの胸にある野望に気づくことはなかった。

それだけに日本から来たパイロットの面倒を見るのは、時間の無駄であり、バーンズを苛立《いらだ》たせることになった。

バーンズは那須野を見つめながら静かに訊いた。

「戦場に到着した感想は？　中尉」

「別に」那須野は肩をすくめた。

「そうか」さすがにバーンズは拍子抜けしたような顔をすると淡々と言葉を継いだ。

「では、ハンス・ハインリッヒ・ラインダース大尉とジロウ・ナスノ中尉の着任を認める。私はここで軍事顧問団の責任者をしている、フランクリン・バーンズだ」

バーンズは後ろに立っているラビンを手で示し、続ける。

「こちらがイスラエル空軍アリエル・ラビン中佐。イスラエル空軍との仲介役をやってくれている」

ラビンは前へ出るとまずラインダースと握手し、挨拶をした。次いで那須野の前に来ると右手を差し出す。那須野はラビンの硬い皮膚に覆われた右手を握った。ラビンは茶色の悲しそうな光を宿した瞳をしていた。

「よろしく」ラビンがにっこりと微笑んでいった。

那須野は力強いイスラエル空軍中佐の右手を握り返しながら、わずかに会釈した。


シリア軍のミグは、谷の上で機首を上げた。距離は三〇〇〇フィートほどになっている。ファントム一番機は、赤外線追尾式ミサイル『サイドワインダー』の射程に捉えた。

〝敵機をロックした。ミサイルを試す。後方をカバーせよ〟一番機の機長が無線を通じて指示を飛ばす。

「二番機、了解」那須野が酸素マスクの中で答えた。

ミグは四五度近い仰角をとって急上昇しながら、鋭く左に旋回した。ファントム一番機が目標機に合わせて、ゆったりと旋回する。

その時だった。

ミグは高度二〇〇フィートもない空間で、素早く右に横転をかけた。強引な機動。左の翼端から水蒸気の帯を引く。追尾されていることに気がついたのだ。あと数秒、気づかれなければ、一番機のサイドワインダーが確実に引き裂いていた。ミグは生と死を分ける一秒の数十分の一のタイミングを捉え、離脱を図る。

那須野の耳に一番機パイロットの呻《うめ》きが聞こえた。

ミグは再び涸《か》れ谷に向かって急旋回を切り、機首を下げた。ずんぐりした胴体、尾翼の高い位置にある水平尾翼、後退角のついた主翼。ミグは、ファントムに比べてはるかに軽快な戦闘機で、格闘戦になれば、抜群の機動を見せる。

〝そっちへ向かうぞ、カバーに入る。交戦しろ〟一番機が怒鳴った。

「了解」

那須野は答えると同時にスロットルレバーを最大出力位置まで叩き込み、操縦桿を右に倒して、ラダーペダルを蹴った。ファントムのJ79エンジンが轟然《ごうぜん》と吼《ほ》え、澄んだ大気の中を雷鳴が駆け抜ける。

「相手は手ごわいぞ、ナスノ」後部座席からラビンが声をかけた。

那須野は答えることもできなかった。照準器を短射程ミサイルモードにして、距離をはかる。那須野機が搭載しているミサイルの弾頭シーカーがミグの排気口から吐き出される大量の赤外線を捉えて、電子音を送ってきた。

ロック・オン。

だが、ミグは身をひるがえし、さらに高度を下げる。那須野が旋回しながら設定した完璧な射撃態勢が無駄になる。

ミサイルは、ラックから外れると一度沈み込み、それから敵機目掛けて飛翔するような軌道を描く。攻撃側の戦闘機は、ミサイルが沈む分の高度を保っている必要があったが、二機のファントムはいずれも腹をこすりかねないほどの低高度を飛んでいた。ミサイルを発射したところで、地面に落ちるのは明白だった。

ミグは山の稜線《りょうせん》に沿ってわずかに降下、直後に左に急旋回し、今度は機首を北へ向けて地を這《は》うように上昇を始めた。一山越えれば、国境地帯。追尾は不可能になる。直線的に峰を飛び越すのを諦め、山の周囲を撫《な》でるように離脱することに決めたのだ。速度が落ち、後方から食いついてくるファントムとの距離を詰める結果になるが、ミサイル攻撃を封殺することができる。

那須野は舌を巻いた。ミグのパイロットは、瞬時に状況を見てとり、ぎりぎりで攻撃をかわしているのだ。

那須野が一気に距離を詰めたものの、ミグは地表すれすれで旋回を切る。那須野は一旦、高度をとるために直線的に離脱した。風防ガラスの中で、ミグの排気で樹木の先端が揺らめき、山の斜面から砂塵《さじん》が舞い上がるのが見える。

すでにミグの進行方向を読んで旋回を切っていた一番機が追尾する。那須野は高度一五〇フィートで旋回、機首を下げると一番機の後方についた。

〝敵機をロックした。ミサイルを試す〟一番機がコールする。声がかすれている。ミグを駆るパイロットが、滅多にお目にかかることができないほどの腕前であることに興奮しているのだ。

〝フォックス・ツー〟

一番機がコールすると同時に左の翼下からオレンジ色の炎を噴いて、サイドワインダーが発射された。だが、降下したミサイルは、山肌に激突して黒い煙を上げる。

岩山に触れそうになりながら、ミグは旋回を切った。

そして、二機のファントムをあざ笑うかのように機尾を振りながら、国境地帯へ向かって降下していった。

那須野は、その時になってはじめて、自分の心臓が痛いほど激しく鼓動していることに気がついた。

2

一九八八年十一月二十五日、沖縄。

「十五年も前になるのか？」

アメリカ合衆国空軍大佐フランクリン・F・バーンズはジンのはいったグラスを手に、深く溜《た》め息《いき》をついた。

那覇《なは》市内の繁華街。傷だらけのバーカウンターに、バーンズは航空自衛隊の制服を着た二人の男と並んで腰掛けていた。

カウンターの内側には、顔色の悪いバーテンダーが突っ立っている。酒の注文を聞く時以外は、一言も喋《しゃべ》ろうとしない。ほとんど表情を変えずに、グラスを磨いている。カウンターの中には、その男一人しかいなかった。

店の中にはコルトレーンが流れていた。

「ところで、一つ質問があるんだ」バーンズは分厚い唇をなめた。「お前たち、ソ連機を撃墜できるか？」

隣に座り、カウンターに両肘をついている航空自衛隊三等空佐那須野治朗は顔をしかめてバーンズを見返した。那須野の右隣では、陰険な顔つきでもう一人の男がグラスを口に運んでいた。同じ飛行隊の小池仁《こいけじん》三等空佐。

「どうした？　言葉を忘れちまったのかい？」バーンズはわざと高い声でいった。だが、声は明るく響かなかった。「お前さんたちがいう正しい台詞《せりふ》は、今でもいつでもＯＫだ。オレたちはそのために雇われている、だ」

那須野はウィスキーの水割りを飲んで目を剝《む》いた。まるではじめて酒を飲んだような顔をする。いつの間にかグラスの中身が、グラスなしでも立ちそうなほど、色濃くなっていた。

「撃てるか？」バーンズはもう一度訊《き》いた。

「オレたちは航空自衛隊のパイロットで、そのルールの中で生きている」那須野は煙草《たばこ》をくわえ、使い古したオイルライターで火を点《つ》けた。「たとえ、相手が領空侵犯をしてきても、相手が攻撃をしかけない限り、オレたちは発砲することは許されない。威嚇射撃だって、相手機の前方、二〇〇〇フィートの何もない空間に向かって行う」

「黙れ」バーンズはぴしりと言った。「オレはお前がソ連機を撃てる男か、と訊いているんだ。あるいは――」

那須野が目をすぼめてバーンズの口許《くちもと》を見た。次に彼のいおうとしていることは想像がついた。

「お前はまだ殺し屋か、ジーク？」

グラスは冷たく、汗をかいていた。

那須野はバーンズから素早く視線をそらし、ウィスキーの入ったグラスを見つめた。

カウンターに肘をつき、太く息を吐く。

那須野は自分のグラスに、さらにウィスキーを流し込んだ。口に含む。舌がしびれてきた。

胸のうずきは、ようやくウィスキーのねっとりした酔いの間にまぎれはじめている。だが、那須野の戦闘機乗りとしてのプライドが完全に麻痺《まひ》してしまうまでには、もう少しウィスキーが必要だった。さらにもう一口飲む。左胸の下あたりがかすかに痛む。傷ついた自尊心は簡単に沈黙しない。そういっているようだ。那須野自身、とっくに捨ててしまったと思っていたのだが――。

那須野は隣に座っている大柄な黒人を見上げた。

バーンズは、那須野より二〇センチ背が高い。体重も三〇キロは違う。並んで座っていると、大人と子供ほどの違いがある。五十に近いはずだが、全身の筋肉は引き締まっていて、無駄な肉はない。きちんとプレスされた制服を着ており、髪は短く、そしていつでも石鹼《せっけん》の強い匂いがした。彼は極東最大といわれる米空軍基地オキナワ・カデナに展開する第一八戦術戦闘航空団第四四三飛行隊でF15－イーグルを飛ばしているパイロットだった。

バーンズが居心地悪そうに身じろぎする。太い腰の下で、華奢《きやしや》で背の高いスツールがきしんで悲鳴を上げる。那須野はスツールに同情した。どう見ても、その椅子は六本木《ろつぽんぎ》あたりのバーの、ニヤけた男のケツをのせるためにデザインされたもののようだったから。バーンズはダブル・ジン・オン・ザ・ロックスのグラスをぐいとかたむけ、中身を空にした。

グラスの中で、氷が涼しげな音をたてる。

小池がバーテンダーを呼び、那須野がジンを注文してやった。

バーンズは彼らを誘ったことを後悔しはじめていた。那覇市の繁華街にある小さなバーの片隅で、陰惨に酔っぱらっている航空自衛隊のパイロットが二人。夜が更けるほどに空気は重くなるようだ。

バーンズは肩をすくめてジンを一口飲んだ。

その日の夕方、那須野と小池の二人はバーンズが勤務する基地にやってきた。今日の午後早い時間に起こった事件に対し、厳重に抗議するためだ、といって。離陸直前の航空自衛隊機に急降下し、攻撃をしかけた米軍機があった。抗議するといってバーンズの居室に押しかけてきたものの、那須野はそっぽを向いて煙草ばかりふかしていたし、小池はじっと目を閉じて何もいわなかった。パイロットが地上で何をできるのか、二人はそういっているようだった。

三十分ほども同じ状態が続いた後、おごるよ、といって先に立ち上がったのはバーンズだった。

「クレイジー・ハンスがヒッカムから来た」バーンズがぼそりといった。

その言葉に那須野の眉がかすかに反応した。ヒッカムはハワイ・オアフ島にある環太平洋における米空軍最大の基地。そして、クレイジー・ハンスこと、ハンス・H・ラインダースは、かつて那須野やバーンズとイスラエルでともに飛んだ米空軍パイロットである。バーンズはグラスを目の前に持ってくると、まるでジンに話しかけるように言葉を継いだ。

「なぜ奴《やつ》がお前を襲ったのか。理由は訊くな。奴は昔とちっとも変わらない無礼な乱暴者というだけなんだ」

「奴の狙いは何だ？」那須野は前を見たまま、ぼんやりと訊いた。

その問いには答えず、バーンズはもう一度二人を見た。

那須野はまったく別のことを考えていた。ラインダースが襲いかかってくる直前、格納庫で訓練飛行前の離陸点検中だったファントムの操縦席にいて、風を感じたことを。

前兆？——那須野は首を振った——まさか。

その日の午後、那須野は、ファントムの操縦席にあった。

格納庫には、二機のファントムがうずくまって並んでいる。翼の下に赤外線追尾式ミサイルＡＩＭ－９Ｐサイドワインダーとレーダー誘導式ミサイルＡＩＭ－７Ｄスパローを吊《つ》り下げ、機首の弾倉には弾頭に炸薬《さくやく》を仕込んだ二〇ミリ機関砲弾を六百八十発装塡してあった。起動車がたてる騒音は、ミッキーマウスと呼ばれる耳あてをつけていても、柔らかい脳をかきまわされるようなひどい音だった。が、那須野は平気な顔で計器パネルを見つめていた。

「エンジン始動、ＯＫ」小池が眠そうな声でいった。

パイロットの声はいつでも眠そうに響く。落ち着いた話し方を徹底的に訓練され、いつしかそれ以外の喋り方を忘れるのだ。墜落する寸前まで、同じように話す。

かつて那須野は墜落する航空機のボイスレコーダー記録――亡霊たちのお喋りを何度か聞いた。ほんのちょっとしたことで飛行機は落ちる。燃料パイプが詰まっていたとか、百円もしない電子部品が焼き切れていたとか、そんなことで、だ。

那須野は風防の外側に右手を出し、整備隊員に向かって指先を回して見せた。起動車に搭載されたコンプレッサーがうなり、ファントムの右エンジンに圧縮空気を吹きつけてエンジンブレードを強制的に回し始める。エンジン回転計の指針がぴくりと反応したところで右手を握ってコールした。

「エア・イン」

エンジン回転数がすぐに一〇パーセントまで上昇し、那須野は右手の人差し指を突きだした。

「一〇パーセント、点火《イグニッション・オン》、スロットル、アイドルポジション」

左手でスロットルレバーを押しだし、点火スイッチを入れる。エンジン内に噴射されたJP－4Aジェット燃料に火が入り、回転数、排気温度が跳ねあがる。

那須野は点火ボタンから指を放した。

機体後尾にある排気ダクトと空気取り入れ口は自動的に開閉して空気量を調整するので、神経質に計器パネルをながめながら細かくスロットルを操作する必要はない。風防の外に出した右手の指をエンジン出力が上昇するのに合わせて二本、三本、四本と立てていく。

出力が増し、四〇パーセントを超えたところで右手を水平に動かし、エア・カットを命じた。同じ要領で左エンジンを始動させる。低い起動車の唸《うな》りにかわり、J79エンジンのカン高い音が響きはじめた。コクピットに座っているとその音はまるで背骨をつらぬいてくるようだ。

両舷のエンジンが始動し、同時に発電機が作動を開始した。

コクピットに整然と配列された計器類の針や指標が息を吹き返す。ジャイロの回転速度が上がり、計器正面にある人工水平儀が安定する。右下に並んでいる機の各種システムの状況を知らせるテレライトパネルが暗いオレンジ色に輝いた。

機体の両サイドに大きく開いている吸気口の傾斜板とスピードブレーキを点検、離陸前点検の第一段階を終えた。

那須野は左に並んでいるもう一機のファントムを見た。

那須野がリーダーを務める二機編隊の二番機。白いヘルメットをかぶった岡本栄一《おかもとえいいち》二等空尉が真剣な表情で計器盤に手を伸ばしている。後部座席では酸素マスクで顔を覆った縄多和弘《なわたかずひろ》一等空尉がチェックリスト片手に眉を寄せているのが見えた。航空自衛隊では前、後席とも操縦資格を持つパイロットが乗務する。フライトごとに前、後席が指示されるようになっていた。

那須野は正面を向くと、計器パネルの上にあるガラス製のヘッドアップ・ディスプレイに投影される射撃照準映像が目の高さにくるように、座席を調整した。無線機についているボタンを叩《たた》き、チャネルごとの周波数を点検する。チャネルは五番まで使用可能で、六番が基地との緊急通信回線用、七番が通称『ガードチャネル』——国際緊急周波数になっている。ファントムに搭載してある無線機では、通常の交信を行いながら、同時に国際緊急周波数を常時モニターすることができた。

射撃用照準装置を点検し、時計合わせを行った。その間にもヘルメットの両耳があたる部分に仕込んであるイヤフォンから、管制塔にどっかりと腰をおろし、ふてぶてしい顔つきをしているであろう管制官の声が間断なく聞こえた。ほとんどは滑走路か、タクシーウェイを走っている航空機向けのもので、那須野機に対する通信はない。

「火器管制システム、オール・グリーン」後部座席に座る小池の相変わらず眠そうな声が伝える。

那須野はふいに風を感じた。

格納庫の中には起動車がたてるジェットエンジンの唸りが充満している。アラートハンガーで出撃を待つ戦闘機のコクピットで風を感じたことはなかった。いや、一度だけあったか？　那須野はファントムの多様な攻撃兵器を管制するTボーンと呼ばれるパネルに目を落とした。だが、それがいつのことか思い出せない。

「風、感じないか？」那須野が訊いた。

「風？」小池はそういって鼻をひくひく動かした。

「臭いじゃないぜ」那須野が喉の奥で笑う。

ファントムのマイクはいちいちスイッチを押さなくても会話ができるホットマイク式になっている。いつも耳元に後部座席員の呼吸音を聞いているのだった。

「感じないな」小池は無愛想に答えた。

「そうか」那須野は再び計器パネルに目を落とした。

神経が鋭敏になっているからだ——那須野は思った——指先まで血の流れを感じる。

ほんのわずかな空気の流れが感じられる。

那須野は目を上げ、前方をにらんだ。戦闘機乗りの血がつくる哀《かな》しそうな目。スタート直前のF1ドライバーが見せる、あの目つきと同じだった。深い色、それが哀しみをたたえているように見える。

コントロールが那須野機を呼ぶ。

〝コントロールタワーから待機中のエンジョイ・フライトへ。離陸十分前〟

那須野が待っていた指示だった。了解したことを知らせるために無線機のスイッチを二度鳴らした。ジッパー・コマンド。正規の通信方法ではないが、世界中の戦闘機パイロットたちが使用している合図だ。

手早く油圧装置系統のチェックを行った。油圧システムは左右のエンジンに一系統ずつあり、どちらかが故障あるいは被弾しても最低限度、動翼の操作を行えるようになっている。第一パワー・コントロールユニットの油圧が一インチ平方あたり三〇〇〇ポンドあることを計器盤から読み取る。操縦桿《そうじゅうかん》の操作感触も問題ない。那須野は規定通り左側のエンジンについているシステムを点検し、同様に右側もチェックした。操縦桿をいっぱいに引いて尾部に張り出している水平尾翼が作動することを目で確かめ、続いてラダーペダルを蹴って垂直安定板のラダーの動きも点検した。

ヴェテランパイロットなら操縦桿を握っただけで機体の小さな部品の故障や変調を把握できるようになる。オール・グリーンの状態は変わらなかった。

小池が管制塔に出発の許可を求める。

許可が出た。

那須野機の前に立つ整備隊員が両腕を上げ、手招きするような恰好《かっこう》をした。那須野はスロットルレバーをわずかに前進させ、すぐに戻した。那須野機がゆっくりと前へ出る。続いて岡本・縄多組の機体がぐっと前進を開始した。那須野は開いていた前席、後席二つの風防を次々に閉じ、タクシーウェイに進入した。

〝エンジョイ・フライト1・5および1・6〟管制塔が那須野機と僚機の岡本機を呼び出した。

「ヤー」那須野はヘルメットに酸素マスクを固定しながら答える。

〝エンジョイ・フライト、3・5L滑走路クリア。風は一四六方向で一〇ノット。高度計をポイント2・9にセット。高度五〇〇〇フィートでチャネル・ツー、ロメオ・サイトと交信せよ〟

「了解」那須野は右手で握った操縦桿を前後に振って昇降舵《しょうこうだ》を点検した。

滑走路に入る。

〝エンジョイ・フライト、離陸を許可する〟

「いよいよ仕事の時間だぜ」小池がいった。「ちゃんと前見て操縦しろよ、運転手」

「アイ、アイ」那須野はスロットルを叩き込んだ。エンジンが一声高く吼《ほ》え、ファントムは蹴飛ばされたように加速を開始した。

「九〇ノット」小池がコール。

那須野はちらりと対気速度計に目をやった。続いて小池が一二〇ノットをコールした。那須野は操縦桿を引きかけた。

〝緊急事態、緊急事態〟ヘルメットの内側に取り付けてあるイヤフォンに管制官の声が響いた。〝3・5L滑走路に高速侵入している航空機に告げる。現在、当該滑走路では、軍用機が離陸中だ。方位二二〇に至急旋回せよ。繰り返す――〟

那須野はバックミラーを見上げた。小池がショルダーハーネスを外して後ろを見ながら叫んだ。

「何だ、あいつは？　真《ま》っ直《す》ぐ突っ込んでくる」

那須野と岡本の二人が操縦するファントムが離陸滑走を続けるランウェイの後方から、迷彩塗装を施した軍用機が降下してきた。小池はその機の翼下に空対空ミサイルがぶら下がっているのを見た。

「ポン、このまま離陸するぞ」

那須野は、岡本にタックネームで呼びかけた。航空自衛隊ではパイロット同士を識別する時に独特の符牒《ふちょう》を使う。それがタックネームだった。大抵は二音か、三音で、聞き取りやすいことが条件だった。

ファントムが疾駆する。那須野はちらりと速度計を見た。安全に停止できる速度はとっくに通り越している。那須野は怒鳴った。

「衝突を避け、高速、低高度で一気に基地の東端まで飛び続けろ」

速度一二〇ノットを超えたファントムは何があっても離陸しなければならない。那須野機と岡本機の主車輪が地を蹴り、空中に浮いた。機首を低く保ち、速度をかせぐ。

那須野は後ろから飛んでくる戦闘機が追突するのではないか、と思った。ファントムは後方視界が限られている。恐怖が腹の皮をめくりあげて、心臓につかみかかる。歯を食いしばり、操縦桿を保持した。

〝離陸を許可する〟傍受した航空自衛隊の無線が、ヘルメットの内側についているイヤフォンから流れる。大柄で金髪のパイロットはサンバイザーに覆われた目をすぼめ、ニヤリと笑った。

「OK、奴らが離陸するぞ」金髪はゆっくりといった。

「だめだよ、ハンス。こんなことをしたら国際問題に発展しちまうぞ」後部座席員が泣き声を上げる。

「黙ってな、キッド」ハンスと呼ばれた金髪の男――ハンス・ラインダース米空軍少佐は唸るような声でいった。

航空自衛隊が使用しているものとほぼ同型の米空軍ファントムが、車輪を降ろし、フラップをフルダウンにしたまま宙に浮いている。カデナ基地から地を這《は》うようにして飛んできたのだ。

機速、一二五ノット。失速寸前だった。

時々、翼が不機嫌に揺れ、そのたびに後部座席員は悲鳴を上げたが、ラインダースは気にしなかった。

「大げさにわめくな。オレはただ昔馴染《むかしなじ》みにほんのちょっと挨拶するだけだ」

ラインダースは低い声で答え、操縦桿についている機銃の安全装置を解除すると照準器のスイッチを近接空中戦モードに切り換えた。それから翼の下に突き出ている脚を引き込み、フラップをフルダウンからハーフ、アップへと巻き上げる。同時にスロットルレバーを前に押し出して、ひねり、アフタ・バーナに点火した。対気速度が急激に上昇する。

「行くぜ」

ラインダースはそう怒鳴りながら、操縦桿を引き、機体をホップアップさせると眼下に広がる滑走路を見渡した。高度をとった途端に那覇基地周辺をスウィープしているレーダー波に捉えられ、ファントムに搭載されているXバンドレーダー波警戒装置の警報が鳴った。

ラインダースは酸素マスクの中で凄味《すごみ》のある笑みを浮かべた。

東西に延びる滑走路。二機の航空自衛隊機が滑走を開始したところだった。ラインダースがその背後、上方から襲いかかる。

「目標視認」ラインダースは呟《つぶや》いた。「奴らヨチヨチ歩きのアヒルと同じだぜ」

「一・一」

後部座席員は、目標視認のコールに反射的に答えた。残存燃料、一万一〇〇〇ポンド。離陸直後の戦闘機を血祭りに上げるのには十分だった。ラインダースは操縦桿を倒し、高度五〇〇〇フィートから自衛隊機に向かって一直線に降下した。下向きになった機首から発したレーダー波が二機編隊の先導機を捉えた。

照準環が重なる。ロック・オン。

オーラルトーンが聞こえた。ラインダースは無線機のスイッチを入れると離陸しかかっている航空自衛隊機に向かって、満足げにいった。

「ジーク、お前は死んだ」

〝ジーク、お前は死んだ〟ヘルメットに神経を紙ヤスリでこするようなざらついた声が響いた。

ジーク——那須野のタックネーム。彼が米空軍に研修兵として派遣されていた時代からそう呼ばれている。だが、その名の由来を知る者は、ここ第三〇二飛行隊にはほとんどいなかった。

那須野は高度を低く保ったまま、右のラダーペダルをぐっと踏み込んだ。離陸直後の低速時には無理がかかる機動だった。ファントムは白い腹を見せて、派手に旋回する。揚力が不足し、空中に機体を浮かべておくことが難しくなる。那須野機は不気味に震動し、操縦席には警報が鳴り響いた。

「無茶するなよ」小池は急旋回を切り、ほぼ垂直に翼を立てたファントムの後部座席で怒鳴った。「かわしきれそうか?」

「多分」那須野も怒鳴る。だが、後方レーダー警戒装置は無情にも、那須野機が後方から襲いかかってきた戦闘機にロック・オンされていることを告げている。

「クソッ、重い、重い」那須野は胴体下の補助燃料タンクをリリースした。

「よしてくれよ」

小池はシートの上で素早く身体《からだ》の向きを変え、流線型をしたタンクが滑走路わきの空き地に落下し、ぐしゃぐしゃに潰れるのを確認した。周囲に動く人影がないのを見て、とりあえず安心する。前を向くと那須野の背にいった。

「お前、前後の見境がなくなってるぜ」

Ｆ－４ファントムは大きくて醜いが、パワフルな戦闘機だった。那須野はアフタ・バーナに点火し、ちらりと左側に目をやって編隊僚機である岡本が無事に低空を飛び抜けたのを視認する。

那須野は操縦桿を引き、乱暴に機首を上げた。ファントムがスナップアップする。右のラダーペダルを蹴っ飛ばし、機体を横滑りさせる。ロック・オンがかかっている以上、敵機の一撃は避けられないが、間抜け面して尻を突き出すのは那須野の美学に反することだった。ジークと呼び掛けられた声を聞いた瞬間から、襲ってきたのがクレイジー・ハンスと呼ばれる米空軍のパイロットであることはわかっていた。

「ポンは東へ逃げた」小池が首を絞められたような声で告げた。ヘルメットがずれ、身体がハーネスで締め付けられる。「だが、後ろから来る奴はまだぴったりとつけている。離れないぜ」

「わかっている。ラインダースがそう簡単にあきらめるものか」

那須野は急激な旋回で耐Ｇスーツが下半身を圧迫するのを感じた。今度は左のペダルを踏んで、機体を揺する。レーダー警戒音が耳について離れない。

〝ジークさん、大丈夫ですか？〟

編隊僚機後部座席員、縄多の心配そうな声が聞こえる。管制塔からの指示も連続的に出ているが、ほとんど理解できない。

　那須野は操縦桿を払って、ようやく機体を水平に保った。五〇フィートほど左をラインダースのファントムがすり抜ける。轟音《ごうおん》。風防が震えた。

　那須野機の速度はせいぜい二〇〇ノット強に過ぎない。旅客機の巡航速度の約半分だ。ラインダースはマッハ一。コンバットスピードでぶっ飛んでいる。衝撃波に襲われたことでもそれがわかる。ラインダース機は上昇し、高度二〇〇〇フィートほどでくるりと反転した。

「三時、上方。さっきと反対側だ」小池が感心したように呟いた。

　パイロットは方位を示す時に時計の文字盤を利用する。真正面を十二時として、右に向かって一時、二時、右の真横が三時で、真後ろが六時、左の真横が九時だった。小池は風防の枠に左手をかけ、身体を支えている。ラインダースを追って、首を後ろへ向けた。

「クソッ、うまいな。また六時につけた」

「ひねる」那須野は操縦桿を右へ払い、同時に左のフットバアを踏んだ。アフタ・バーナを入れっ放しにしたまま、スロットルレバーを左手で固く握った。

　戦闘速度ですれ違うと相手機はほとんど見えない。細い線が目の前を通過して、その後で衝撃波に揺さぶられるのを感じるだけだ。

　ファントムは那須野の乱暴なドライブにも確実についてきた。機首を上げたまま、左に崩れるように高度を下げる。その分、対気速度は上がった。つい五〇フィート右をラインダースが一気に飛び抜けた。那須野は対Gメーターを見た。四Gをかすかに超えている。那須野の頭は通常の四倍の重さになっている。脳の血管が圧迫され、視野がせばまった。食いしばった歯の間から息が漏れる。

〝観念しろ、ジーク〟ラインダースの声。笑いを含んでいる。

「いやなこった」那須野が怒鳴った。

三次元チェス、いわゆる空中戦はいつも一瞬で勝負がつく。長くて一分、ほとんどは秒単位で終わる。那須野は計器パネルの右側についている時計に目をやった。ラインダースが襲いかかってきてから、まだ四十秒しか経過していなかった。高度二〇〇〇フィートで水平に旋回していたラインダースは垂直に上昇した。

那須野は後ろ上方から攻撃してくるラインダースを、うまく右、左に急旋回を切ることでかわしてきた。

だが、勝負は目に見えている。那須野機は離陸してから、ほとんど加速することができない。加速できない戦闘機など、弾丸の出ないピストルをぶら下げた保安官より間抜けな存在だ。ゆるやかに降下しながら直進して速度をかせごうとすると、ラインダースの攻撃軸線上を飛ぶことになる。那須野はうめき声を上げ、フットバアを蹴った。ようやく上がりかけた速度計の指針が落ちる。

ラインダース機が再び左側をすり抜けていった。速度の出ない那須野機が揺さぶられる。那須野の目前に給水塔が浮かびあがる。悲鳴を上げて、操縦桿を引いた。ファントムが安定しないまま、機首を上げる。

「後ろだ、後ろにつけたぞ」小池が怒鳴った。

ラインダースはニヤリと笑った。滑走路わきの給水塔を避けるために上昇した那須野機がゆっくりと照準器に飛び込んでくる。照準環が点滅し、オーラルトーンが鳴る。ラインダースは操縦桿の引き金にかけた指に力をこめた。後部座席員が鋭く叫んだ。

「やめろ、ハンス。本当の人殺しになる——」


バーのカウンターで、グラスを手にしたまま那須野は目を閉じていた。

レーダー警戒装置の警報。イヤフォンに響くラインダースの高笑い。次の瞬間、実戦なら那須野機は燃えて落ちていただろう。

那須野はゆっくりと目を開き、バーンズを見た。二人の視線が交錯する。バーンズの茶色の目がじっと見返した。

「フランキー、気をもたせるな」那須野が低い声でいった。「あんたが自分の飛行隊の中で起こっていることを知らないはずはない。なぜだ？　なぜラインダースがやってきたんだ？」

「ジーク」バーンズが言葉を切り、宙に視線を泳がせる。

那須野と小池はじっとバーンズの口許をにらんでいた。

「ステルスだ、ジーク。ステルス機がオキナワの防空識別圏内を飛ぶ」バーンズが静かにいった。

ステルス——本来的には「隠れた」という意味だ。航空界では、レーダーに映らない飛行機をそう呼ぶ。

極端に突起物の少ないデザインの航空機に、フェライトなどレーダー波を吸収する素材を塗りつけ、レーダーに探知されにくい飛行機を造ること、あるいは、その航空機そのものを指す言葉だった。

米空軍はすでに、爆撃機と戦闘機を造りはじめている。垂直尾翼も胴体もないブーメランのような恰好をした飛行機だ。赤外線をサーチする熱源探知レーダーからも逃れるため、エンジン排気は翼の中央部に設けられたダクトの中で冷たい外気と混合されてから排出される。現代の戦闘機には欠かせないアフタ・バーナは装着していない。燃料の再燃焼で速度は上がるが、その分、大量の赤外線を発するからだ。ステルスは亜音速でしか飛ばない。

「何のために？」といいかけた小池を那須野が手で制した。

「航空自衛隊にも、米軍のカデナ基地《ベース》にも秘密にして、彼らのレーダーがそいつを発見できるか、テストしようってことだな？」那須野は無表情のままだった。

バーンズの表情はまるで変化しなかった。

レーダーのように複雑な機械には、一基ずつ個性がある。米軍の使用しているレーダーが世界中で同じような性能を有するとは限らなかった。そのために沖縄のレーダーがステルスをどう捉えるか、それをあらかじめ試しておかないと味方の飛行機すら識別することができないのだった。

那須野は墓石のように硬い顔つきをしたバーンズにいった。

「それでハンスが沖縄にやってきたわけは？」

「奴はステルス戦闘機の開発チームの一員だ。テストパイロットとして飛ぶことになる」バーンズがいった。

さらにバーンズは、カデナ基地には輸送機によってすでにステルス実験機が運び込まれているという。しかし搬入した時期や機数については口を閉ざした。

「いつ、飛ぶ？」那須野はずばり訊いた。

「十二月十日、プラス・マイナス五日。最終決定は直前になると思う」

「実施時刻は？」

「午前中の遅い時間を予定している。レーダーに映らないんだから、せめて姿を目視できる明るい時間帯にやりたい」

「フランキー、昔馴染みとして教えて欲しいんだが――」

那須野はいいかけて、やめた。

バーンズの表情はいつの間にか硬く引き締まっている。細い血管の走った目がじっと那須野を見つめていた。駆け出しの軍人相手なら、表情を読むことができる。バーンズでは相手が悪い。

「また、会おう」バーンズはくるりと背を向けると足早にバーを出ていった。

「わからないな」小池はバーンズが出ていったドアを見つめて呟いた。

「何が？」

那須野は訊きながらグラスの底のウィスキーを飲み干した。バーンズの言葉が気になった。ステルス機の実験をするのなら、何もかも秘密にするはずだったし、航空自衛隊にも秘密裏に行うことができる。が、バーンズは沖縄にステルス機を持ち込んでいることと、わざわざハワイからラインダースを呼び寄せたこと、実験を行う日まで口にした。

何か、ある。

那須野はそう思ったが、それが何かは考えつかなかった。ただ、きな臭く感じるだけのことだ。

小池が首をふりながらぼそりといった。

「なぜ、奴はお前たちにソ連機が撃てるか、と訊いたんだろう」小池もグラスの中身を喉に放り込んでいった。

「オレを試したかったのかな」

「どういう意味だ？」

「今でも戦闘機乗りかって」

「どういう意味だ？」

小池もかなり酔いが回っている。同じ言葉を繰り返した。だが、那須野はこのままおとなしくベッドに入る気分にはなれなかった。

「戦闘機乗りは飛行機を飛ばせるだけでなく——」人を殺せる奴なんだといいかけて那須野は、言葉を切った。立ち上がり、小池の肩を叩く。「河岸《かし》を変えよう」

「どこへ？」

「決まってるさ」

『狼《おおかみ》の巣』か——小池は口の中で転がした。第三〇二飛行隊のパイロットたちが溜まり場にしているスナックの名前だった。

3

『狼の巣』は、地味な造りの店だった。

ドアを開くと奥行きが八メートルほど、左右に一〇メートルほどあるだけで、カウンターにはスツールが五脚ならんでいる。ボックス席は入り口の左側に四人掛けが二つ。右側には壁伝いに向かいあって六人が座れるようになっている。

カウンターの右奥がトイレになっており、その入り口には音響装置がならんでいる。ほとんど使われていないのか、ホコリをかぶった8トラックのカラオケセットは、レーザーディスクが珍しくない今ではいかにも古ぼけて見えた。天井にはミラーボールがぶら下がっているが、それが光を浴びて輝いているのを誰も見たことがない。

ボックス席はいっぱいになっていた。

ほとんどが二十代の若い客で、航空自衛隊の制服を着ている者もいる。が、カウンターには一人も座っていない。いつもなら、カウンターの内側に立っている女の子をめぐって、席の奪い合いが起こるはずだった。その女の子——亜紀《あき》は小さな身体《からだ》を精一杯に伸ばして、棚の一番上にウィスキーのボトルを置いていた。

亜紀が振り向く。唇の両端が持ち上がり、白くて小さな歯がのぞいた。今日は肩にわずかにかかるだけの髪をポニーテールにして、白いリボンで結び、同じ色のレース地とニットが二枚重ねになったワンピースを着ていた。

那須野の好みからすると、幾分胸は小さかった。だが、幼さの残る卵形の顔に大きなバストは不似合いだった。仕種《しぐさ》から少女っぽさが抜けていない。よく動く利発そうな目は黒目がちで、わずかに目尻が上がっている。

年は十九、那須野の半分だった。

那須野はカウンターを見た。先客があるらしく、ワイルドターキーのボトルとショットグラスが置いてある。灰皿にはマールボロの吸殻。吸い口には歯形がくっきりとついていた。その隣に座る。

「いらっしゃい」亜紀がいった。「今日は遅いのね」

「仕事でね。同盟国の戦闘機パイロットと親善につとめていた」那須野が答えた。

「随分、飲んでるみたいね」亜紀が鼻筋に皺《しわ》を寄せた。

「飛行機を飛ばす時にアルコールが抜けていれば問題はない。いつものやつ」小池が酒を注文した。

「今日は珍しくカウンターが空《す》いているんだな」那須野は胸ポケットから煙草《たばこ》のパッケ

ージを取り出してカウンターに置き、灰皿とワイルドターキーを顎でさして訊《き》いた。

「ところで、ここの客は？」

「アメリカ人らしいわ。制服を着ていないけど軍人ね。言葉遣いにピシッと糊《のり》が利いているみたいだから」亜紀が上を向いた。

白い喉が見え、那須野と小池は同時ににやりと笑みを浮かべた。

「その人がいったのよ」亜紀は低い声色を真似《まね》る。「今日、この席は予約されている。ここには、沖縄の航空自衛隊の中でもっとも女に弱い男が座るんだ、と」

ひどくかすれた声。那須野には誰かすぐにわかった。

トイレで水を流す音が聞こえた。薄っぺらな壁で仕切られているだけのトイレだ。続いてドアを開ける音。金髪の大柄な男がのっそりと現れた。亜紀があわてて、タオルウォーマーから熱いオシボリを取り出す。金髪の男は細い目をすぼめて、カウンターに座っている二人を見下ろした。

「やあ」ガラガラ声でいった。「ようやく会えたな」

左右に張り出した顎はダンプカーのバンパーのようで、地味なツィードの背広に包まれた胸は巨大な樽《たる》のようだった。鼻がつぶれ、わずかに右に曲がっている。

那須野は食いしばった歯の間から押し出すようにいった。「やあ、ハンス・ラインダース。珍しいところで会ったもんだ」

「この店ははじめてだ。お前を捜していたんだ」ラインダースはそういって那須野の隣のスツールに戻った。

ラインダースの金髪は軍の規定よりはるかに長く、肩にわずかにかかっていた。およそ既成のルールに縛られない男。米空軍の忍耐の限界を見たかったら、ラインダース少佐を捜せばよい。

「十五年ぶりだな」ラインダースはいった。「ちっとも変わらないぜ」

那須野は答えずに時計を見て、低い声でいった。

「九時間と十三分ぶりといって欲しいな」

「そうだった」ラインダースが肩を揺すった。乾いた吐息が漏れる。笑っているのだ。

「危うく、頭をぶっ飛ばされるところだった」那須野がいう。

「おかしいな」ラインダースはバーボンのショットグラスを持ち上げると一気に喉の奥へ放り込んだ。「オレはケツを狙ったんだが――」

「お前が的を外すのは今にはじまったことじゃない」那須野はそういいながら小池の方へ手を突き出した。「紹介しよう。小池、航空自衛隊の三等空佐だ」

ラインダースは目をすぼめて小池を見た。その目からエックス線でも発しているように感じられた。小池は居心地の悪さを感じたが、黙ってラインダースを見返した。

「痩せてるな」ラインダースはいった。

「パイロットの評価は地上では下せない」小池が答えた。

　小池は那須野より五センチほど背が高かったが、一〇キロばかり体重は軽かった。それに着痩せするタイプで、ほっそりとして見える。やや面長で、目元が優しい。それに対し、那須野はがっちりして、目付きが鋭かった。

「口のへらない奴《やつ》だ。ジークと同じだな」

　那須野は肩をすくめた。

「十二月九日」ラインダースはほとんど呟《つぶや》くようにいった。「その日、オレたちは実験をする」

「ステルスだな」那須野がいった。

「誰に――」ラインダースは身体を硬くして訊きかけ、息を吐いて呟く。「あの黒いケツだな」

「お前が自分のおっかさんを何と呼ぼうとそれはお前の勝手だ。だが、フランキーを黒いケツと呼ぶのはよせ」那須野は押し出すようにいった。

「なぜ？」

「オレがよせといっているからだ」

　ラインダースは那須野の顔をちらりと見た。肩をすくめて同意する。

「ＯＫ、ジーク。奴を黒いケツと呼ぶのはよそう。奴らがいうところのブラック・ビューティの代表選手がお前にいったようにステルスが飛ぶんだ」

ラインダースの言葉に那須野はにやりと笑った。

ラインダースはあきらめの悪い戦闘機パイロットの一人だ。執着心のないファイターパイロットはすぐに死ぬ。敵機と際どい巴戦《ともえせん》のさなか、地面が目の前に迫った時、あるいは被弾した時でも最後の瞬間まであきらめずに操縦桿《そうじゅうかん》を引き、ラダーペダルを操作し続ける。実際の時間にしてみれば、ほんの一瞬に過ぎないが、その髪の毛一筋ほどの操作が生と死をわけることにつながるのだ。

ラインダースだけではない。バーンズにしろ、ラビンにしろ、那須野がイスラエルで出会ったパイロットはいずれも執念がある。

那須野は目を上げ、ラインダースを見ながら、不思議な男だと思った。

生粋のドイツ人。祖父は第一次世界大戦で、リヒトホーフェン男爵麾下《きか》の誇り高き大ドイツ帝国パイロットだった。飛行教官までしていた祖父は、戦後、航空界から追放の憂き目に遭い、操縦桿を失った絶望の虚無の淵《ふち》から逃れようと酒におぼれた。

その子――ラインダースの父は、第二次世界大戦に参加し、硫黄島《いおうじま》作戦に従事した。戦後、教師になった。そして軍人の血は、ラインダース兄弟にも影響を及ぼしている。ラインダースの兄は陸軍軍人としてヴェトナム戦争に参加し、戦死した。ラインダースは空軍に入隊した。

祖父はラインダースが生まれた年に死んだ。ベッドの上で死ぬことが何より不思議そうな顔をしていた、とラインダースから聞いたことがある。

ラインダースは那須野が見つめていることに頓着《とんじやく》せず、じっとワイルドターキーのボトルに目をやったままいった。

「その日、厄介な野郎がやってくる。赤い星をつけた野郎がのぞきにやってくるんだ」

那須野は眉を上げ、小池は口につけたグラスを止めた。二人の脳裏に黒人大佐の顔が浮かぶ。

お前たち、ソ連機を撃墜できるか？　バーンズの問いが再び聞こえた。

ラインダースは低く聞き取りにくい声で話を続けた。

今回の実験について情報が漏れたのは米議会筋からだった。予算案に一口かんでいるアイダホの上院議員が空軍の実験に対して強引な査察を行った。その結果について議員は一切口外しないことを誓った。タカ派で信義にあつく、共産主義者を憎むことにかけては人後に落ちない人物だけに彼から秘密が漏れることはなかった。だが、彼がワシントンで雇っていた元弁護士の秘書は別だった。

どうも弁護士って奴は信用ならねぇ――ラインダースは唸《うな》った。

国内における機密漏洩《ろうえい》事件としてＦＢＩが調査に乗り出したものの、成果はあげられなかった。当の秘書が交通事故で死亡してしまったからだ。本当の事故かどうかわからないが、まさしく死人に口なし、である。解決策としては上出来だ。そのためステルス機の実験について漏れた秘密の内容、秘密が漏れた範囲をＦＢＩははっきりさせることができなかった。

ＣＩＡは情報が漏れている以上、極東での実験は中止すべきだと主張した。

「ラングレーが今回の実験について知っている？」那須野が訊いた。

ラインダースが酸っぱい顔をしてうなずいた。ラングレーは、ＣＩＡ本部の所在地である。

「それじゃ世界中に向かって派手に宣伝しているようなものだ」那須野は感想を述べ、ウィスキーをなめた。

「だが、実験を中止するわけにはいかないんだ」ラインダースはいった。

情報化社会といわれ、アメリカ国内にもソ連のスパイがうようよいる中で国家機密が守られる時間はそれほど長くない。特に軍事関係は注目を集める。どちらの国でもわずかな優位を確保するために時間稼ぎを優先させる。いずれ情報は漏れる。相手が知った時にどこまで開発を進めておけるか、防諜《ぼうちょう》関係者はそこに腐心する。

「ヨーロッパは比較的簡単だった。各国の上空で我々が大規模な編隊を飛ばし、その中にステルス機をまぎれこませればいい。だが、極東はそうはいかん。たった八機の編隊が飛ぶだけで日本の臆病なマスコミは大々的に書きたてることになるだろう」ラインダースの表情はしぶかった。

「そうだな」

那須野は新聞やテレビの報道ぶりを思い浮かべて同意した。自衛隊に対して好意的な内容は少ない。

「時間がないんだ。十二月九日に実験を済ませなければ来年秋の一斉公開までのスケジュールをこなせない。その期限が守られないとなれば、いずれ、ソ連が集めた情報を整理し、全世界に向かって我々のやっていることをスッパ抜くだろう」ラインダースは言葉を切り、那須野の顔を見た。「問題はそれだけじゃない。奴が来るんだ」

那須野の眼光が鋭くなった。

「奴が来る?」

「ああ」ラインダースはボトルを持ち上げ、ショットグラスにコハク色のバーボンを注いだ。「ソ連空軍の極東基地にいる〈商人〉だ。奴は一九八三年九月一日午前三時、サハリン上空でスホーイ17の操縦桿を握っていた。シリアルナンバーは805だった」

ラインダースはひとり言のようにいった。那須野はふいに冷たい手で心臓を握られたような気がした。

悪夢のような通信傍受テープが再生され、スピーカーから流れる機械のように硬い声が耳の底に蘇《よみがえ》る。

『──我々は目標を捕捉している。ロック・オンした。目標の高度一万メートル──目標は直進している。当方の行動は？──今、当方はミサイルを試す──実施──目標は撃墜された──』

那須野は息を吐いて、酒に手を伸ばした。

ソ連防衛空軍による韓国民間旅客機撃墜事件。

世界中のパイロットにとって、それは悪夢以外のなにものでもなかった。それに〈商人〉にはもう一つの疑惑がついて回っている。航空自衛隊にF－15イーグルが配備されて間もないころ、二人乗りのDタイプが原因不明の事故によって、墜落、遭難した。その時、遭難機のパイロットが現場から高速離脱していくソ連機を目撃した、と無線で報告しているのだ。

『その左翼に鮮やかなシルバーのストライプ』

それが最後の通信内容だった。五秒後、イーグルDJは、海面に叩《たた》きつけられ、木っ端みじんになってふっ飛んだ。

派手なマーキングをするパイロットは二種類。

どうしようもない下手糞《へたくそ》で、放っておけば迷子になりかねないので目立つようにするためと、もう一つは誰が操縦しているかを周辺の味方機、敵機に知らせるためだ。後者の場合は飛び抜けて腕がたつことを要求される。ソ連にもアメリカにもそして航空自衛隊にも下手なパイロットはいない。

「アレクセイ・スメルジャコフ、ソ連空軍中佐。ジーク、お前にとっては終生忘れられない名前だな?」ラインダースがじっと那須野の横顔を見つめていた。

那須野の表情は硬い。小池は相棒の顔を、はじめて見るような目でみやった。ロシア人パイロットに知り合いがいるなどとは聞いたことがない。

「奴の撃墜マークはいくつになった?」那須野は不快そうにゆっくりと訊いた。

「イスラエル上空で一つ」ラインダースがいい、那須野が顔をしかめた。「それからサハリン上空で二つ目、未確認だが、日本海上空でも一つらしい。だが、その中に米軍機はない」

「表向きはな」那須野がぴしりといった。「イスラエル上空では立派に米軍機を落としているさ」

「だが、操縦していたのは米軍のパイロットではなかった」ラインダースの声は急に疲れを帯びたように聞こえた。

「沖縄付近まで飛んでくるとなれば、戦闘機にはちょっときつい距離だな」那須野は最新鋭ソ連戦闘機の性能を思い出そうとした。すでに脳には、ウィスキーが濃い霧となってたちこめている。「それにスメルジャコフは爆撃機を操縦することはできない。根っからの戦闘機パイロットだからな。大型の偵察機を飛ばせといわれただけでオーバーヒートしちまうだろう」

「そう、奴は相変わらず戦闘機に乗ってる。派手なシルバーの帯を翼につけて、な。オレでもあそこまではできんよ」

「じゃ、どうやって沖縄まで来るっていうんだ？」小池が割り込んだ。

ラインダースはマールボロをくわえて、マッチで火を点《つ》けた。唇をすぼめて、ふうっと煙を吐く。

「バジャーが来るだろう。多分、Jタイプだ」

ありそうなことだ、と那須野は胸のうちで呟いた。

バジャーJは情報収集を目的に造られた電子戦専用の偵察機だ。バジャーのレーダーにステルス機がどのように映るかをつかむことができれば、見えない戦闘機もそれほど脅威とはならない。だが、バジャーは爆撃機をベースとして改造された偵察機。スメルジャコフ向きとは思えなかった。

「スメルジャコフはバジャー編隊の後方を戦闘機に乗ってやってくると思う。我々がつかんだところによれば、バジャーは四機で、そのうちの一機は空中給油機に改造されているらしい。スメルジャコフが乗ってくるのはMiG－29だろうな」ラインダースは両手を叩きつけて、バシンと鳴らした。

「それで奴は何を狙う？」那須野が訊いた。

「ステルスにできるかぎり接近してロック・オンをかけること。戦闘機のレーダーがステルスを捉えられるか、確認するんだ。赤外線追尾が可能か、それも試すだろう。もしくは——」ラインダースは唇をなめた。「撃墜すること」

「まさか」那須野は眉を吊《つ》り上げた。「第三次世界大戦が起きるぜ」

「不可能ではない。ステルスが飛ぶことは航空自衛隊はおろか、米海軍、空軍にも知らされない。もし奴がステルスを撃墜したとすれば、我々空軍はそんな飛行機のあることすら否定せざるをえない。闇から闇へ葬られる」

「乗員はどうなる、その家族は？」那須野は食い下がった。答えはわかっている。

「時として国民には真実を告げない方がいい場合もある。その一機はカリフォルニア沖で墜落したことになるだろう。乗員の家族にも同様に伝えられる」

「沖縄もカリフォルニア沖といえなくもないな」那須野はウィスキーが急に苦くなったような気がした。「なぜ、そんな話をオレにするんだ？」

「ジーク、オレは正直にここまで話した。だから、これからいうことに黙って従ってもらいたい」那須野は何の反応もしなかったが、ラインダースはかまわず続けた。「オレは明日、お前の基地の司令に会うつもりだ。そして、十二月九日のスクランブル要員にオレをくわえてくれるように要請するつもりだ。ヒッカム基地司令の要望書を持ってな」

那須野はラインダースのいった意味がわからず、大きな顔を見返していた。

「十二月九日、スメルジャコフはオレが撃墜する」ラインダースは静かにいった。視線を那須野に据えた。

「バカいえ」那須野の声はかすれた。「そんなことできるものか。それにやりたかったら米軍機を使えばいいいんだ」

「ノー、ジーク」ラインダースは眉を寄せた。「それをやれば本当に第三次世界大戦に突入してしまう。それに残念ながら米空軍には領空侵犯を理由にソ連機を撃墜することができない。ここは日本だからな、厄介なことに」

「やる時はオレたち日本人がやる。いいか、この空を守っているのはオレたち空白の人間なんだ。どうしてもやる気なら、一九四五年と同じように日本をもう一度占領してからにしろ」那須野はラインダースの分厚い胸板に指を突き立てていった。

「口では何とでもいえる」ラインダースは怒鳴り声を上げた。スツールを降り、ツィードの上着のサイドポケットからくしゃくしゃに丸めた一万円札を出すと二枚置いた。

「お前たち航空自衛隊には手出しできない。相手が撃つまで撃てないいんだ。それが規則だろう。こめかみにあてられたピストルの一発目が外れることを期待するようなものだ」

「お客さんのお帰りだ、亜紀。釣りはチップにもらっておけよ」那須野はそっぽを向いていった。

「とにかく――」ラインダースは座り込んでいる那須野を見下ろして指を突き立てた。

那須野がゆっくりとラインダースに向き直り、両眼《りょうめ》をすぼめた。那須野が放出する凄《すさ》まじい気にのまれ、ラインダースは後の言葉をのみこんだ。手を下ろし、いまいましげに鼻を鳴らすと店を出て行った。

「オレははっきり決めておくべきだったんだ」那須野は小池にいった。

「何を？」小池は相変わらずののんびりした声で訊いた。

「一晩に一人、アメリカ人に会うのは一晩に一人にしよう」那須野はうめくようにいった。

「おぼえておこう」小池はグラスを置いた。「で、どうする？」

「今夜は、とりあえず飲む」那須野が答えた。

「過去の思い出のために、か？」小池がにやりと笑った。

「いや、明日のために」那須野は冴《さ》えない表情で、グラスのウィスキーを一気にあおった。

しばらく前から気味の悪い汗が噴き出している。大量のウィスキーが渦を巻いて襲いかかってくる。心臓が痛いほど激しく鼓動している。こめかみがうずく。目の前が暗くなった。

こういう時、戦闘機乗りなら、ぴったりの言葉を知っている。

撃墜。

那須野の脳裏には、何度も同じ名前が響いていた。スメルジャコフ、スメルジャコフ、スメルジャコフ――。

一九七三年八月。

ハイファ基地の隊舎には、十分な冷房設備がなかった。二階建て、コンクリートを打ち っ放しにした建物。その一階の西の端に、ラビンの執務室があった。狭く殺風景な部屋、スチールの本棚にはファントムやフランス製の戦闘機ミラージュ、そしてミラージュをそっくり真似てイスラエルが独自に開発したクフィルなどの操縦教則本が並び、壁には戦闘機をバックにした写真、中東の地図が貼ってある。

傷だらけの机の前に、簡単な応接セットが置いてあった。長椅子を二つ向かい合わせに置き、その間に合板を張ったテーブル。那須野は長椅子に腰掛け、マグカップから薄いコーヒーを飲んでいた。

ラビンは机の引き出しからモノクロ写真の束を取り出すと那須野の向かい側に座った。

冷房の利いていない部屋。那須野は上下つなぎになった飛行服の上半分だけを脱ぎ、袖を腰に巻いて縛ってあった。白いTシャツを着ている。足元を固めるブーツの紐はゆるめてあった。

ラビンは皺一つない半袖の制服を着用していた。

「この間の空中戦で撮ったガンカメラのフィルムを抜き出して現像したんだ」ラビンはそういいながら、テーブルの上に粒子の粗い写真を並べた。

ファントムの機首には、一六ミリフィルムを使用するムービーカメラが搭載されている。操縦桿についている機銃の引き金やミサイルの発射ボタンを操作すると作動するようになっている。それでガンカメラと呼ばれた。空中戦における攻撃の有効性を判定するために取り付けられたものだった。

那須野は一枚の写真を手にした。

山肌に接しそうなほど低高度で、上昇していくＭｉＧ－17を見下ろすように撮影したカットだった。

ずんぐりした胴体。尾翼の形状もはっきりと映っている。それより那須野の眼をひいたのは、左の主翼に描かれた白い線だった。自分の記憶を探ってみる。激しい機動の狭《はざ》間《ま》でミグを子細に観察できたわけではない。主翼の白い線――実際は何色なのか、想像もつかなかったが――には、記憶がなかった。

「ひどく腕の立つパイロットだったのを覚えているね？」ラビンが訊いた。

「逃げられましたね。あっという間だった」那須野がぼそりと答える。まだ、写真に視線を落としたままだった。

「白いラインが見えるだろう？　本当はオレンジ色で鮮やかに塗られているんだが、覚えはあるかね？」ラビンは優しい口調でいった。

那須野は首を振る。

「私も後席にいて外をほとんど見ることができなかったから、気づかなかったが、君が相手にしていたのは、大物だよ」

ラビンの言葉に、那須野が弾《はじ》かれたように顔を上げた。

「ソ連が派遣している顧問パイロットの一人さ」ラビンは那須野の眼を真っ直《ます》ぐに見返していった。「ソ連防衛空軍大尉、アレクセイ・スメルジャコフ」

はじめて聞く名前だった。那須野は眉をしかめ、ラビンの次の言葉を待った。

「スメルジャコフ大尉は、現在二十八歳。ソ連空軍の中でも屈指の腕利きだ。コールサインは〈商人〉。奴が中東に来ているという情報は、これまでにもあったんだが、実際にあいまみえたのは、今回が初だ」

「光栄ですな」那須野は皮肉っぽい口調で応え、再び写真を見た。

ＭｉＧ－17の機動性能をいやというほど見せつけられた。すでにヘルモン山上空での空中戦から一週間が経過しているが、記憶は鮮烈だった。眠っている間もうなされることがあった。高度五〇メートルの低空に引きずり下ろされ、照準器越しに敵機を追う余裕などなく、地面に叩きつけられる恐怖ばかりが那須野を襲った。

一週間前のその日、那須野がスクランブル発進できたのは偶然だった。

前日がイスラエルの建国記念日にあたり、戦闘機パイロットたちの大半は日頃の激務から解放され、酒とダンスに一夜を過ごしていた。那須野もパーティに招かれ、厳格で鬱屈《うっくつ》した表情しか見たことのない戦闘機乗りたちが、軍服を着たまま、汗みどろになって踊る姿を見ていた。酒の飲めない体質だった那須野は、ワインの入ったグラスを手にして遠巻きに見ていたのである。

翌日、ハイファ基地に出勤した那須野は、正午を過ぎる頃になってもパイロット、整備隊員ともに足を引きずるようにノロノロとしか歩けないのを見て、苦笑した。ラビンに会ったのは、午後一時。列線に並んだファントムの点検に立ち会うためだった。

ラビンの顔は青ざめ、ひどく気分が悪そうだったが、それでも那須野の顔を見ると、歩けるだけ自分はましなのだと弁解した。ラビンの話では、明け方近くまで飲み続けていたバーンズとラインダースは、宿舎のベッドから起き上がれずにいるとのことだった。那須野は酒がそれほど飲めない体質であることに感謝し、ラビンとファントムの胴体下に潜り込んだ。

定期点検を済ませたファントムは、ラインダースと那須野が米空軍のトルコ基地から運んできたもので、日本製の電子装置を搭載していた。

砂漠戦用の迷彩塗装を施され、イスラエル軍のマークを描き込まれているが、れっきとした米空軍機だった。スターズ・アンド・ストライプスの記章を塗り潰し、その上から手書きでイスラエル軍のマークを描いてある。日米共同で開発した電子戦用システムの実戦におけるデータ収集を目的に派遣されたのが、バーンズ、ラインダース、そして那須野だった。他にも米軍関係者が二十名ほどハイファ基地に滞在しており、整備隊員の中には、何人か航空自衛隊員も混じっている。

那須野とラビンがファントムの胴体下に吊り下げられた電子戦ポッドの点検孔を開き、内蔵されているチェックシステムに通電させようとしたちょうどその時にサイレンが鳴りはじめた。

スクランブル。

格納庫からは、整備兵がエンジン始動用の火薬カートリッジを車に載せて、走ってくる。胴体下で那須野とラビンはにらみ合った。

この機には、誰が乗るのか？

「宿酔《ふつかよ》いですな、中佐」那須野がにやりと笑う。

「後席には乗れる。だが、ナスノ、君は軍事顧問だ。戦闘要員ではない。他の隊員が来るのを待て」ラビンは生真面目《きまじめ》な顔つきでいった。

ラビンの額には、汗の粒がびっしりと浮かんでいる。

「一分のロスが、決定的な敗北につながることもある」那須野がいう。

「よかろう。君が機長だ」

二人は素早くファントムの下から出ると機首に引っかけてある梯子《はしご》を昇った。まず、ラビンが上がり、後部座席に潜り込み、続いて那須野が前席に座った。身体とパラシュートを連結するハーネスを締め、金具をセットしているうちに整備兵が機体に取り付く。那須野は、ズボンのポケットにいつも突っ込んであるナイロンのスカルキャップを取り出すと頭髪を覆い、風防に引っかけてあった誰のものとも知れないヘルメットをかぶった。

那須野とラビンのファントムは、五分後には滑走路に出ていた——。


ラビンの執務室の窓から流れ込んでくるファントムのエンジン音で那須野は我にかえった。格納庫まで五〇〇メートル以上も離れているため、耳を覆いたくなるほどの音量ではない。

簡単な応接セットで向かい合う日本人パイロットを、ラビンは不思議な思いで眺めていた。航空自衛隊に那須野ほどファントムを飛ばすことができるパイロットがいるとは、思ってもみなかった。

「巡りあわせの妙とでもいうのかね。君と出撃できたのは」ラビンは、長椅子に身体をあずけると低い声でいった。「操縦の腕前は悪くなかったよ」

「はじめての実戦にしては、ですね」那須野は次々に写真を繰りながら笑う。「ところで、一つ質問してもよろしいですか？」

那須野は顔を上げ、ラビンに訊《たず》ねた。ラビンは、じっと那須野を見た。深い湖水を思わせるような澄んだ瞳、口許《くちもと》は粗削りの彫刻のようで、顎には意志の強い男を印象づける雰囲気が漂っていた。上背は、せいぜい一七五センチ。しかしがっちりとした体格をしていて、決して痩身ではなかった。

「何かな？」ラビンが訊き返す。

「昨日、基地の中にある図書室に行きました。イスラエル軍について勉強しようと思いましてね」那須野が幾分恥ずかしそうにいう。

ラビンは表情を変えずに那須野を見つめ続ける。那須野は肩をすぼめていった。

「この基地の図書室には、戦争についての記録というか、戦記物が一冊も見当たらなかったんです。機密扱いにでもなっているのですか？」

イスラエル空軍のパイロットは、氏名を公表されることがない。爆撃を行ったパイロットは、蛇蝎《だかつ》のように嫌われる。低空で忍び寄り、気がついた時には頭上を覆って、数十秒で町を焼き尽くす。憎悪に光る目を向けた時には、天空の一点になっている。当然、アラブ側からすれば、もっともテロのターゲットとしたいのがパイロットだ。

ラビンはしばらくの間、那須野を見ていた。那須野は、中年パイロットの目がうるんでいるのに気がついた。哀《かな》しそうに見えるのが、光線の加減なのか、あるいはユダヤ人特有のものか——那須野には判別がつきかねた。

「一冊もない」ラビンは言葉を押し出すように発音した。「この基地だけじゃない。軍のあらゆる図書室には戦記本は一冊もない。わが国を見て歩いてくれ。いたるところに戦没者の記念碑がある。そして国民はほとんど実戦を経験しているんだよ。恐怖でも栄光でも、他人の書いた戦争の何を知れというのだ？　十分だよ。十分過ぎるんだ」

那須野は口を閉ざしたまま、ラビンを見返していた。この国全体が前線なのだ。前線で戦記本を広げている兵士がいるわけがない。

「ところで、逆に一つ質問したいのだが」ラビンは言葉を切り、那須野の反応を見て、やがて付け加えた。「日本人である君がなぜここに来たんだね？」

「戦闘機乗りが国籍を問われるのですか？」那須野は表情を変えずにいった。

「いや、君の国は平和だと聞いている。それだけにね、ちょっと不思議な感じがしたものだから」

「戦闘機乗りになるのが私の夢だったんですよ。実戦で飛ぶ、本物の戦闘機乗りになるのが——。それだけでは不足ですか?」

那須野の頰に、不敵な笑みが浮かんだ。

4

「ナスノ、火が回ったぞ」

ヘルメットの中で恐怖に歪《ゆが》んだ男の声が響く。

誰が喋《しゃべ》っているのか、よくわからなかった。

コクピットの中には煙が充満していた。那須野は必死で操縦桿《そうじゅうかん》を引いた。だが、傷ついた機体は揺れるばかり、高度は一向に上がらない。

計器盤の右下に並ぶテレライトパネルに、一斉に灯《とも》るシグナル——オイルプレッシャー低下、エンジン過熱、機体温度上昇限界超過、電気系統故障、無線機もアウト。ジュラルミンの外装を突き破ってコクピットに飛び込んできた銀色の破片が計器パネルの真ん中で止まっている。レーダースコープは真っ二つになり、時折火花が飛んだ。

計器はすべて信用できなかった。

人工水平儀はくるくる回転し、高度計の針は曲がったまま三万フィートを指して止まっている。迫りくるミサイルの近接信管が作動し、機のわずか一五フィート後方で炸裂《さくれつ》した時の高度だった。

機体が無数の破片に引き裂かれていた。

「機体を水平に保て、ナスノ。機体を安定させるんだ」歪んだ声がまたいった。

「わかってるよ」那須野は操縦桿を必死で左右に振りながら、腹の底で毒づいた。オレがここで何をしていると思ってるんだ?

酸素マスクの内側にも電線の焦げる酸っぱい匂いが充満してきた。涙があふれる。前が見えない。

「翼だ、翼に火が移ったぞ」声がいった。

那須野は弾《はじ》かれたように左右の主翼を見た。右。胴体下部から徐々に燃え広がっている炎が右翼の付け根に達している。那須野は右のフットバアを蹴っ飛ばし、機体を横滑りさせてできるだけ炎を胴体に張り付かせるようにした。火が補助翼を焼き尽くすのを少しでも遅らせるようにしなければならない。

だが、無駄なあがき、補助翼が焼き切れ、操縦不能になるのは時間の問題だった。胴体には翼の何倍も容量のある燃料タンクが配置してある。空中爆発は避けられそうになかった。

「尾翼がもたん、尾翼が溶けて落ちるぞ」声がいった。

那須野はぞっとした。尾翼が落ちれば、空中にとどまってはいられない。

「脱出《ベイルアウト》しろ。射出脱出するんだ」那須野は叫んだ。

火が胴体をまわり、操縦席を覆う透明な風防をなめた。ポリカーボネートの風防が航空燃料が燃える熱に耐えきれずにぐにゃりと崩れ、黒い泡を吹きはじめる。

那須野は青い空も一緒に歪むのを見た。

ほとんど同時に後部座席がロケットモーターで機外に弾き飛ばされるショックを背中に感じた。キャノピーを吹き飛ばすレバーが左手のすぐ前にあるのに手が届かなかった。キャノピーが崩れ出す。風の音が聞こえる。警報が響き、ひどい頭痛がする。視界が暗くなる。

お終《しま》いだ。

必死に射出座席の操作索に手を伸ばす。届け、まさしく生命《いのち》の綱だった。クソッ——ヘルメットが汗で滑り、ずれた。視界が真っ暗になる。何も見えないはずなのに、地面が急速に接近していることだけはわかる。

那須野は絶望の叫び声を上げた。


自分の声で目が覚めた。

しばらくどこにいるのか、わからなかった。茶色のすすけた壁が四方を囲んでいた。

那須野はところどころほつれて綿が飛び出している、安物のソファの上に起き上がった。

『狼《おおかみ》の巣』の店内、入り口右側にある六人掛けのボックスシートだった。

頭痛がした。宿酔《ふつかよ》いのせいであって欲しい。夢のせいでないことを祈った。テーブルの上には、中身が四分の一ほど残っているバランタインのボトルと汚れたグラスが二つ。灰皿に二本、ケントマイルドの吸殻があった。

テーブルにうつぶせて、亜紀が眠りこけていた。小さな口をわずかに開き、よだれをたらしている。蛍光灯の明かりよりも強い朝の光が壁の上方にある窓から射《さ》し込んでいた。亜紀は夜より幼く見えた。

那須野は頭を振った。後悔した。人生には後悔すべきことがいくつもある。宿酔いで迎えた朝、何も考えずに頭を振るのも、その一つであるが故だった。

亜紀がうつろな目をして起き上がり、口許《くちもと》のよだれを右手のソデで横殴りに拭く。子供みたいだな——那須野はにやりと笑った。

「おはよう」那須野がいった。

「おはよう」亜紀はようやくいって、顔をしかめた。焦点の合わない目で那須野を見つめる。「頭が痛いわ。風邪でもひいたのかしら」

「おめでとう。これで君も宿酔いクラブに入会できたわけだ。頭痛、吐き気、後悔、それが宿酔いってやつだよ」那須野は亜紀の目が赤くなっているのを見て教えてやった。

「酒はあまり飲まないのか？」

「あんなに飲んだのははじめて」亜紀は顔をしかめてテーブルの上のボトルを見た。

那須野が酔い潰れる前には、半分ほど残っていたはずだ。覚えている限り那須野と小池が三杯くらいずつ飲んでいるから、亜紀が飲んだにしろ、量はたかが知れている。

「それほど飲んだわけじゃあるまい」那須野がいった。

亜紀はちょっと眉をしかめ、困ったような顔をして見せた。それから那須野の目を真《ま》っ直《す》ぐに見る。

「那須野さんが潰れた後に小池さんが新しいボトルを下ろしたの」

「新しいボトル？」那須野はぼんやりしていた。「小池と二人で飲んだのか？」

「小池さんは、あれから一杯飲んだだけ。それもほとんど口をつけずに残していったわ」

「じゃ――」

那須野はまたバランタインに目をやった。さらにボトルの四分の三のウィスキーを短い時間に飲んでいることになる。

「煙草《たばこ》を吸ったのもはじめて。はじめてが二つ。ちょっとした人生の転機ね」

那須野はその時になって自分の煙草がテーブルの上に置いてあるのに気がついた。

「煙草はよくないな。口が臭くなるし、肌が荒れる」

「まるで父親が出来の悪い娘にいっているみたいだわ」亜紀は考えごとをしているよう

にゆっくり喋った。「やめる。煙草、あたしに合わないみたい」

「どこかで朝飯を食おう。おごるよ」那須野はおそるおそる立ち上がった。「食べられそうか？」

「多分、お腹《なか》は空《す》いていると思う。トーストとコーヒーぐらいなら何とか入りそう」亜紀もゆっくりと立ち上がる。

その途端、ふらりとよろけた。那須野がさっと身体《からだ》を支えた。柔らかく、そして甘い匂いがした。那須野は目をしばたたいた。

「出ようぜ」

「どうしたの？」亜紀がまぶしそうに目を細めて那須野を見上げる。亜紀の身長は一五三センチといったところだった。

那須野は頬をふくらませただけで、何もいわず、亜紀を立たせてやった。

店の中に散らばっているグラスを台所のシンクに集め、乱れた椅子をざっと元に戻し終えた時には、午前八時になっていた。

那須野は革のジャンパーを着ており、すりきれたブルージーンをはいていた。亜紀はワンピースの上から淡いピンクのジャケットを羽織った。朝の空気は冷たかった。足元はベージュのパンプス。亜紀は何もかも小さな女だった。

「お待ちどおさま」店のドアに鍵をかけ、入り口のアンドンを壁沿いにたてかけると亜紀は那須野の腕をとった。

「こんなところを店の常連に見られたら何といわれるかな?」那須野は亜紀の髪の毛の匂いを意識して、少しかすれた声でいった。

「心配しないで。皆にはお父さんだっていうわ」亜紀は笑っていった。

眠りから覚めたばかりの繁華街は、昨日の酒が残ってでもいるかのように不機嫌な様相を見せている。二人は通りに面したドーナツショップに入った。トマトジュースがなかったので、那須野はオレンジジュースとプレーンドーナツを二つ頼み、亜紀はコーヒーにチョコレートリングを一つオーダーした。カウンター席に並んで腰をおろす。

「小池は何時頃帰ったんだ?」オレンジジュースを一口飲んで、那須野は訊《き》いた。「オレが意識不明になっているのも構わずに」

「確か、三時頃ね。でも那須野さんが意識をなくしたのはそれより一時間も前だったのよ。小池さんは何とかあなたを運び出そうとしたんだけど、ひどく酔っていたし、あたしが介抱するからって、帰ってもらったの」亜紀はコーヒーを飲み、ドーナツを食べた。

「不満そうだったろう?」那須野の口許に笑みが漂う。

「そうでもなかった。あなたが意識を失って間もなく、髪の長い、きれいな女の人が来て、二人で仲良くお話ししていたわ。どこかへ行く相談だったらしいけど」

「女?」那須野の口がへの字に曲がった。

「小池さんはミッチって呼んでいたわ」

ミッチ？　抜け駆けじゃないか——那須野は思った。

ミッチは、那覇基地のＰＸに勤める美人だ。この数カ月、那須野と小池がどちらが先にデートに誘い出すか競い合っている女だった。ミチコか、ミチヨというらしいが、那須野は彼女の名前をまだ知らない。ただ、その女は酒豪で有名だった。彼女を口説き落とすには、まずタフな肝臓が要求される。彼女と飲んだ男は大抵先に酔い潰れた。

那須野と小池は基地でも一、二を争う酒飲みだった。昔は、ほとんど酒の飲めなかった那須野だが、イスラエルでの勤務を終えて日本に帰ってきた時には酒豪に変身していた。パイロットは平衡感覚に優れているため酒に強い者が多い。中でも二人は群を抜いていた。何の自慢にもならねぇよ、小池はハイピッチでウィスキーをあおりながら、よくいったものだ。だが、那須野と小池の二人が他の隊員に比べてミッチを口説くのに有利な点は、そこにしかないことも、よくわかっていた。

飲み足りない彼女が、深夜『狼の巣』へふらりと姿を見せたことは十分に考えられる。

クソッ——那須野は腹の底で毒づいた——バーンズやラインダースに会わなければ無様に酔い潰れることもなかったのに。

昨日の夜、二人はどこかへ行く相談をした。十中八、九は小池のアパートだろう。小池は瀟洒《しょうしゃ》な白いマンションの一室を借りており、趣味の良い調度に囲まれ、快適に暮らしている。

　那須野は二階建てのアパートで、日当たりの悪い隅の部屋を借りているが、暮らしているというより、ゴミの中で棲息《せいそく》しているといった方が正確だった。半年もそこにいると臭いは気にならなくなる。どうせ寝るだけのことだ。那須野はまったく掃除をしないために得体の知れないものが浮遊する風呂につかるたび、いつもそう思った。

「どうしたの？」亜紀が那須野の顔をのぞきこんで訊いた。

「何でもない。ちょっと考え事をしていたんだ――」

　そういった途端、亜紀の眉が寄った。那須野はあわてて話題を変えた。

「どうしてオレを介抱する気になった？」

「前から那須野さんのことが好きだったの、といったら信じる？」

「いいや」那須野はあっさり否定した。

　二十の年齢差はやはり大きい。亜紀がいうのを言葉通り受け取る気にはなれなかった。

「やっぱり」亜紀はコーヒーカップを持ち上げた。

「何か目的でもあるのか？」那須野は何げなく訊いた。

「コーヒーを飲んだら、少し歩きましょう。お話ししたいことがあるの」亜紀はそれっきり黙り込んでコーヒーを飲み、ドーナツを齧《かじ》った。

　那須野は二つのドーナツをオレンジジュースで流し込み、亜紀を連れて外に出た。陽《ひ》が射している。那須野は天を見上げて、深呼吸をした。十一月の空気はさすがに冷たかった。


ドーナツショップを出てからしばらくして、一歩先を歩いていた亜紀がふいに立ち止まって訊いた。

「スメルジャコフについては、どの程度知ってるの？」

「何かいった？」後ろから追い越しをかけてきた車に気をとられ、亜紀の言葉が耳に入らなかった那須野は訊き返した。

「スメルジャコフ」亜紀は手を後ろに組んで振り向き、今度はゆっくりといった。朝の淡い光の中でも大きな瞳はキラキラして見えた。

「どういう意味だ？」

那須野は手をかざして光を避けた。まぶしかったのは朝の光か、あるいは十九の娘の視線か。自分でもよくわからない。脳はまだアルコールに浸っているようで十分に働いていない。しかし、今日は真っ直ぐに歩けるだけ、いつもの朝よりマシかも知れない。

「子供扱いしないで。自分が何をいっているのかわかっているつもりよ」亜紀の両目にみるみる涙が溢《あふ》れた。「昨日の夜、あのラインダースとかいうアメリカ人のパイロットとあなたの話をずっと聞いていたの」

那須野はぼんやりと思い出した。ウィスキーが濃い霧のように記憶を閉ざしている。傷だらけのカウンターにラインダースが座っている。反対側には小池。

そしてスメルジャコフ――〈商人〉。

「泣くなよ」那須野は胸ポケットから、くしゃくしゃになった煙草のパッケージを取り出した。ジーンズのポケットから使い込んだオイルライターを出して、火を点《つ》ける。

「泣いてなんかいないわ」大粒の涙をこぼしながら亜紀は震える声でいった。「あたしの名前を知ってる？」

「亜紀だろう？」

「姓は氷室《ひむろ》よ。氷室という名前に思い当たることがない？」

那須野は煙草を吸い、煙を吐き出しながら考えた。

氷室といわれて、知っているのは二人。一人は中学時代の同級生で、もう二十年も会っていない。

もう一人は？

那須野は顔を上げた。目を細めて亜紀の顔をよく見た。はじめて見るような感じがした。明るいところで見るのは確かにこれが最初だった。いつもより子供っぽい。だが、その目は？　那須野は頭を振った。まさか、そんなことが――。

「氷室悟《さとる》はあたしのお父さんなの」亜紀がいった。

氷室悟一等空佐——九年前、事故で死亡した男だ。航空自衛隊がF－15を導入して間もない頃で、一機百億円の機体を喪失した航空自衛隊は、あらゆるマスコミから袋叩《ふくろだた》きに遭った。

遭難、墜落したF－15DJイーグルに搭乗し、最後の通信でスメルジャコフの乗機らしいシンボルマークをつけたソ連機が遠ざかっていくのを告げたのが、氷室だった。航空自衛隊内では、スメルジャコフの駆るミグに撃墜されたのではないか、と目されていたが、手がかりになる材料があまりにも不足しており、真偽のほどは定かでなかった。

「お父さんが亡くなった時、あたしはまだ小学生だった。ほとんど何もわからなかった」亜紀が呟《つぶや》くようにいった。

二人は肩を並べて歩きだした。那須野はほとんど口をはさまずに亜紀の話を聞いていた。

父親を失った娘がどのような暮らしを強いられてきたか。一番恋しい時期に父親を失った娘がどれほどみじめな思いをしたか。そして、父親の死が単なる事故のせいではないことを知らされた時のショックと、航空自衛隊の誰もが父の死の原因を詳しく究明してくれなかった絶望。那須野は彼女に真実を告げた人間を憎んだ。

国民には真実を告げない方がいい場合もある——ラインダースの言葉が脳裏に蘇《よみがえ》る。

確かに一理ある。那須野は素直にそう思った。

「スメルジャコフがやったと、はっきりしているわけじゃないんだ」那須野はかすれた声でいった。

まるで覚えの悪い生徒に教える辛抱強い教師のような役回りだ。咳払《せきばら》い。いいにくい。なぜ、オレがこんな説明をしなければならないんだ？

「あなたも意気地のない人の一人なのね」亜紀は抑揚をつけずにいった。わかりきったことをもう一度確認しているような口調が那須野の胸に突き刺さる。

那須野はこの時になってはじめて、亜紀が小池を先に帰した理由を知った。亜紀は那須野に仇討《あだう》ちをさせようというのだ。

「申し訳ないが――」那須野は顔をしかめた。亜紀がせっかく見つけた騎士は竜を怖がるどころか、竜を見る前に逃げ出そうとしている。

「オレはただのパイロットで、しかも飲んだくれだ。残念ながら、君の過大なる期待には応えられそうにない」

亜紀は涙をいっぱいに溜《た》めた目でしばらくの間、那須野をにらみつけていた。永遠の時が流れたような気がしたが、実際には七秒もなかっただろう。亜紀は背を向け、駆け出していった。小さな背中がみるみる遠ざかっていく。那須野には黙って見ていることしかできなかった。

いったい何て日だったんだろう——那須野は短くなった煙草を放り捨てると自分のアパートに向かって歩きはじめた。

まず、米空軍が沖縄でステルス機の秘密実験を行うことを聞かされ、その後でそこにソ連機が偵察に来ることを聞かされた。バーンズはソ連機を撃てるかと訊き、ラインダースは自分がソ連機を撃墜すると宣言した。そして亜紀はオレに仇討ちを期待している。

那須野は頭を振った。宿酔いの頭痛もいく分おさまっている。だが、胸にはもっと重いしこりができていた。


一九七三年八月。

ゴラン高原に展開する戦車部隊の支援任務を終えて四機のF－4Eファントム編隊がハイファ基地に向かっていた。

那須野は、三番機に搭乗していた。後席には、ラインダースが乗っている。日米共同で開発された電子戦システムは、カタログ通りの性能を発揮せず、ラインダースは帰路の間じゅう罵り声をあげていた。

那須野は取り合わなかった。自分の責任はファントムを飛ばすことにあって、出来の悪い電子装置の面倒を見ることではない。那須野はスロットルレバーについている無線機のスイッチを弾くとハイファ航空基地の管制塔を呼んだ。

「ハイファ・アプローチ。こちらはスコーピオン１・３。現在高度、二万」

　那須野機は高度二万フィート、約六〇〇〇メートル上空にある。

〝スコーピオン１・３へ。こちら、タワー。固有識別番号《スコーク》を１１２９にセット、現在位置を知らせよ〟

「了解」

　那須野は操縦桿を左手に持ち替えると右コンソールにある無線の制御パネルに右手を添えた。固有識別番号を1、1、2、9にセットする。これで那須野の駆るファントムからは、パルス形式が規定されている四千九十九種類のコードのうち、１１２９の信号が管制塔に向かって発射される。地上では、レーダースコープ上の輝点に固有識別番号が表示され、これによって誘導しようとする航空機を識別、同時に高度、基地までの距離と方位を割り出す。

〝レーダーで捕捉した、スコーピオン１・３。針路を一八五に取り、パイロットの判断で五〇〇〇フィートまで降下せよ〟

　続けて管制官は、ハイファ基地周辺の気象、雲底高度、雲量、風向きと強さ等を早口で知らせ、次いで着陸誘導管制官に引き継ぐと伝えてきた。那須野は了解の合図に無線機のスイッチを二度鳴らす。

「気をつけろよ、ナスノ」後席からラインダースが声をかけてきた。喉の病気でも患っているかのようなかすれた声だった。「右のタイヤだ。忘れちゃいないだろうな？」

「わかってるさ」

那須野とラインダースは、乗機前点検の時に右主脚のタイヤがひどく損耗していることに気がついた。タイヤの表皮であるゴムが磨滅し、芯ともいうべきコードが露出しかかっていたのだ。あと二、三回なら着陸に耐えられると判断し、飛ぶことにした。イスラエル空軍が実戦に加えてくれるチャンス自体滅多になかったし、それ以上に予備タイヤにお目にかかることがなかったからだ。

加えてハイファ基地特有の気象条件がある。湿度だ。ファントムは着陸すると同時に機尾から制動傘を吐き出して、補助ブレーキとする。だが、高湿度下ではパラシュートが開かず、ブレーキとタイヤに過度の荷重をかけることがある。ラインダースが注意したのは、その点だった。

もし、高速で着陸したファントムの片輪がパンクするようなことがあれば、あっという間に機首方位を制御できなくなり、機体は滑走路を飛び出すことになる。しかも、大抵の滑走路は水はけをよくするためにカマボコ状になっている。ハイファも例外ではない。

機首方位が一八五度を指し、滑走路まで約二〇キロの距離まで来た時、那須野はスロットルレバーを引いてエンジン出力をアイドリングまで落とした。操縦桿を突いて、機首をわずかに下げ、対気速度が落ち過ぎないようにする。ファントムが前のめりになり、ハーネスが肩に食い込むのを感じる。

機体が砂利道を走るトラックのように震動した。

〝スコーピオン1・3〟着陸誘導管制官が那須野を呼んだ。〝二五〇〇フィートまで降下を続け、方位二六〇に右旋回せよ〟

「スコーピオン1・3、了解」

さらに機体を下降させ、高度二五〇〇フィートで右のラダーペダルを使って旋回を切る。操縦桿を倒した。機首方位を計器で読む。二六〇度。ファントムが滑走路の東、一四キロに達したところで高度は二五〇〇フィートまで落ちていた。速度は三〇〇ノット。飛行場内をさらに一周し、滑走路まで一〇キロのところで主脚を下ろした。空気抵抗が増し、速度が二三〇ノットまで落ちる。

那須野はわずかに機首を上げ、高仰角姿勢を取る。速度がさらに低下し、一七〇ノットになったところでフラップレバーに手をやって、一番下まで下ろした。脚が完全に下りていることを示す三つのグリーンランプとフラップのインディケーターがフルダウンを表示しているのを確認する。

〝着陸進入傾斜路の左に寄っている〟

那須野は左のラダーペダルを踏んで、ファントムに尻を振らせるような恰好《かっこう》で針路調整をした。ファントムは、低速度、高仰角姿勢状態では、操縦桿で機首方位を制御しにくい戦闘機だった。ファントムライダーたちは、垂直尾翼についている方向舵《ほうこうだ》だけを使って半ば強引に機首方位を変更する。

〝方位は良し。高度がやや高い〟

那須野はスロットルレバーを絞り、操縦桿をわずかに突いた。ファントムが沈み、後席でラインダースが鼻を鳴らした。

〝いいぞ。グライドスロープのど真ん中だ。着陸進入地点まで一マイル。管制塔は貴機を目視している。そのまま、着陸進入に支障なし〟

那須野は眼《め》をすぼめた。切れ切れの雲の合間から、まずは淡いグリーンに輝く着陸灯、すぐに滑走路上のセンターライン、そして滑走路につけられた幾筋もの黒いタイヤの跡までがはっきりと見えた。

ファントムはすぐに滑走路端を越えた。

那須野は接地の寸前に座席の左側にある制動用パラシュートのハンドルを強く引いた。が、何も起こらなかった。

〝スコーピオン1・3〟管制塔の緊迫した声が飛ぶ。〝ドラグシュートが開かない〟

那須野は酸素マスクの内側で歯を食いしばった。着陸速度は一二〇ノットで、ブレーキをかける九〇ノットに落ちるまでは、ラダーペダルを踏み込んでブレーキを作動させるわけにいかない。

　だが、ハイファ基地の滑走路は、米空軍が正規に使用しているものより短い。

　ファントムは恐ろしいスピードで九〇〇メートル表示点を駆け抜けた。速度は一〇〇ノットをわずかに割ったところだったが、那須野は祈るような気持ちで、ブレーキを踏んだ。機体が減速する。すぐにも滑走路端が迫ってくるような気がする。

「スピードを落とせ、ナスノ」ラインダースが怒鳴る。

　いわれるまでもないことだった。那須野はさらに慎重にブレーキを踏んだ。が、その時、足の下からペダルが抜けるように沈んでいった。ラインダースが後席で強引にブレーキを踏んだのだ。

「よせ、ハンス」那須野が鋭く声を発する。

　だが、遅かった。磨滅していた右の主輪は急制動に耐えきれずに破裂した。

　ファントムは右に激しく機首を振る。燃料タンクには、まだ六〇〇〇ポンド以上の航空燃料が詰まっている。滑走路を飛び出せば、爆発炎上は免れない。

　那須野の動きは早かった。

　アンチスキッド・ブレーキのレバーを解除すると左のブレーキを強くかけた。機首がセンターラインをわずかに右に外れたところで、直進する。那須野はさらに強くペダルを踏む。鈍い破裂音。今度は左のタイヤがバーストしたのだ。

ファントムはつんのめるような恰好で、滑走路上を駆け抜けた。アルミホィールのハブがコンクリートに触れて火花を散らす。

管制塔では、数十人の管制官が棒立ちになって、ファントムが滑っていくのを見ていた。すぐに防災区画から消防車が飛び出してくる。

那須野は真っ直ぐに操縦桿を保ったまま、ブレーキを踏み続けた。今できることは、祈ることだけだった。

ファントムが停止して、一分もしないうちに消防車が駆けつけ、化学消火剤の泡を機体に向かって噴きつける。

那須野はエンジン系統のスイッチをすべて切った。

ヘルメットの内側、耳にあたるスピーカーに荒い息づかいが聞こえる。ラインダースの呼吸。那須野はヘルメットについている酸素マスクのフックに手をやると、ひきむしるように外し、太く息を吐いた。

「借りができたな、ナスノ」

ラインダースの声は苦々しげだった。

5

最初のベルが鳴り終わらないうちに枕元に手を伸ばし、受話器を取り上げていた。

「ジーク？」ざらついた声がいう。

ラインダースからだった。声だけでわかる。

「ああ」

那須野は生返事をしながら、枕元の目覚まし時計に目をやった。午後二時。背を向けて走り去っていく亜紀の姿を思い出しながらベッドにもぐりこんだのが午前九時近かった。頭の中に真っ白で濃密なスープが詰まっているような気がしたが、それでも五時間は眠ったことになる。

「ジーク、これからオレのいうことをよく聞け」ラインダースは一言一言区切るように発音した。「昨日の夜、お前に喋《しゃべ》った内容は、米空軍から航空自衛隊への、いやアメリカから日本への正式の要請になる。もちろん、非公開のままだがな」

「だから？」

那須野はうなった。記憶は曖昧で断片的、しかも一つ一つが滲《にじ》んではっきりとしない。他人の頭が首の上にのっている気分だった。

「この問題は米ソ間のことなんだ。日本には関係がない」

ラインダースは辛抱強くいった。気の短い男にしては珍しいことだった。

「関係ない、だと？」那須野は目をすぼめた。ふいに頰にあたる風が蘇《よみがえ》る。「お前がこれからドンパチやろうってのは、日本の領空なんだぜ」

「国際空域に近い」

「ラインダース」那須野は食いしばった歯の間から押し出すようにいった。「あんたが将来、国際線のパイロットにでも転職する時のために、一つ大変に役立つことを教えておいてやろう。国際空域に近いってのは、国際空域じゃないってことなんだ」

「突っ張るなよ、ジーク」ラインダースの声には鼻白んだような響きがある。「上からの命令が下れば、お前だって従わざるをえないだろう」

那須野は受話器を左手に持ち替え、右手を顔の前にかざしてじっと見つめた。

指先まで気が張りつめている。

「クソッ」

那須野の沈黙に耐えきれなくなったラインダースが低く罵る。

「お前が素直にオレのいうことを聞くとは思えなかった。お前もオレと同じで命令など何とも思っちゃいない、国と国との正式な取り決めも関係がないってことだな」

「一緒にするな」那須野の声が凛《りん》と響く。「自分で照準器に捉えた目標を撃つ時には、自分で判断する。誰にも教えてもらうつもりはない」

沈黙。

ノイズが受話器の底を流れている。やがてラインダースが口を開いた。

「明日はバーンズの隊と合同演習の予定だったな」

「ああ」否定しなかった。

答えながら那須野の眉がかすかに動く。ようやくラインダースの意図が読めてきた。逃れられない場所に相手を追い詰めていき、照準器に捉えようとする。ラインダースのいつもの手だ——那須野は思った。ファイターパイロットは力の世界に生きている。相手を従わせたいのなら、力でねじ伏せるしかない。

「オレも割り込ませてもらう。オレと勝負しろ、ジーク」

「そんなことができるのか?」那須野は淡々といった。

戦闘機隊のフライトスケジュールは厳密に管理されている。前日に変更するというのは余程のことだ。しかもラインダースは、カデナに展開している飛行隊に所属しているパイロットではない。

「離陸すりゃ問題はない。オレは勝手に上がって、空中で編隊に割り込むよ」

こいつならやるだろうな、と那須野は思った。

「好きにするさ」那須野は投げ出すようにいった。

「勝負だ、ジーク。お前を言葉だけで何とかできると思っていたオレが間違っていたようだ。お前は昔からそうだった。言葉だけで説得できる奴《やつ》じゃなかったよな。オレは明日、お前を徹底的に叩《たた》きのめす」

那須野は沈黙で応えた。ラインダースが続ける。

「誰にでも個人的に決着をつけたいことはあるさ、ジーク。ただ厄介なのは、オレたちは空でしかけじめをつけられないってことだ」ラインダースの声は沈んでいた。「明日、空で会おう」

電話が切れた。

溜《た》め息《いき》をついて、小池の電話番号を押した。呼び出し音が三度鳴ったところで小池が出た。二時間後に格納庫で会うことを約束する。

昨日の夜の出来事については訊《き》かなかった。小池は軟派で、軽薄な男だが、ベッドの中でのことを自慢するほど下司《げす》ではない。那須野は部屋の寒さに毒づいて、毛布をハネ上げ、シャワーを浴びるために起き上がった。特大のクシャミ一発。目は覚めたが、頭痛がぶり返した。

二時間後。

那須野は小池と並んで第三〇二飛行隊の格納庫の中にいた。天井に設けられた採光窓の磨《す》りガラスを通して斜めに射《さ》し込む太陽光線が、ずんぐりした戦闘機ファントムの丸みを帯びた機体に複雑な陰影を作っていた。

「おかしなことになったなぁ」小池はポツンと呟《つぶや》いた。

那須野は亜紀の話とラインダースからの電話をかいつまんで話した。小池は一言もさまずに聞いて、最後に率直な感想を述べたのだった。

「ハンスには負けたくない」

那須野は呟きながら、薄暗い格納庫の中で翼を休めている戦闘機に目をやった。

４７－８３１８――尾翼に描かれた尾白鷲《おじろわし》のエンブレムの下に、機体のシリアルナンバーが書き込んであった。

Ｆ－４ＥＪファントム。

大きくふくれあがった胴体。水平に飛び出し、先端で上方に一二度ハネ上がっている主翼。水平面から三五度も下がった水平尾翼。突き出た垂直尾翼。ファントムはその誕生当初『みにくいアヒルの子』と呼ばれた。主翼の下で那須野は手を伸ばし、つややかなミサイルに触れた。明日の午後、那須野はこの飛行機を駆って米軍のパイロットと渡りあうことになる。

「本当にえらいことになったな」

　那須野と小池は後ろから声をかけられ、振り向いた。作動油にまみれたオーバーオールを着た男が立っていた。

　工藤《くどう》秀三《しゅうぞう》。整備小隊第二班班長。飛行機の声を聞くことができるといわれる寡黙な整備班長だった。

　工藤は第三〇二飛行隊に配備されているファントムの一機一機の癖を知り抜いていた。飛行隊に配備されている二十二機のファントムのうち、ふいに空中で尻を振る性悪、パイロットを選ばない八方美人、右旋回は得意なのに左旋回になると駄々っ子になるつむじ曲がりの飛行機を、地上にいながら見分けられるのは工藤だけだった。

　時として整備マニュアルを無視してエンジンのオーバーホールさえ行った。たとえ前日に解体した上での入念なC整備が施されたファントムでも、工藤が見ると必ず不都合な箇所が見つかった。

　若い整備員の中には工藤を気味の悪い奴だと思っている者も少なくない。

　戦闘機の前にしゃがみこみ、ブツブツと呟いている工藤は、近寄りがたい雰囲気を漂わせる。その上、酒は飲むものの付き合いが悪く、管理職や若手の整備員の間ではあまり評判が良くなかった。額が両端からV字形に大きくハゲ上がっているために年齢以上に老けて見えたが、那須野と同じ三十九だった。

いつもハッカパイプを唇の端にくわえ、右から左、左から右へと転がしている。考え事をしている時の癖だ。以前は煙草《たばこ》を吸っていたが、火気厳禁の格納庫にいる時間があまりに長いため、いつしか吸わなくなった。無口で、無愛想な男だったが、那須野や小池とはウマが合った。

工藤が那須野たちに近づいてきた。

「聞いていたのか？」小池が訊いた。

「最初からな」工藤がぼそりという。

那須野は格別驚いた顔もしていなかった。

工藤はこの格納庫に一日十八時間から二十時間は詰めている。必要があれば、連続九十六時間までなら不眠不休で整備の仕事をする。一日八時間しか働かない奴から見ればそれだけで、不思議で厄介な存在であるには違いなかった。

那須野は喜んだ。最初から話を聞いていたのなら、工藤を捜す手間が省けただけのことだ。那須野は乗機の点検を工藤にしてもらうつもりだった。

「こいつ、今、何Gまで耐えられるだろうか？」那須野が訊いた。

「七・五」工藤が答えた。「マクダネル・ダグラス社の設計仕様書には、そう書いてあるということだ。オレは見たことがないがね」

戦闘機は普通七Gまでの重力に耐えられるように設計されている。

だが、後方からミサイルが飛んでくれば話は別だ。パイロットは許容限界を超えたGをかけながら離脱旋回をする。つまり、許容限界を超えても飛行機は分解しない場合もあるのだ。

実際、ミサイルに追いかけられて、機体に何Gかかっているかを気にするパイロットは少ない。ミサイルが命中すれば生きてはいられない。Gに耐えきれず機体が空中分解しても結果は同じ。戦闘機乗りはいつも生と死、天国と地獄のわずかな隙間に機体をネジこんでいる。

だが、機体の耐G性能は普段の整備状況によっても微妙に変化する。腕の良い整備隊員にめぐまれ、より高いGに耐えることができれば、空中戦では相手機より小さく旋回でき、有利なポジションをとることも可能だ。

「明日は限界を超えるかも知れない」那須野はぼそりといい、主翼の下から出ると工藤にならって操縦席を見上げた。

工藤は何もいわず、眉を上げた。

「七・五では勝てないかも知れないんだ」那須野はまた低い声でいった。

「気弱なことをいうじゃないか。ジークと呼ばれる男が」工藤の言葉に揶揄《やゆ》するような響きがあった。

「それは昔話だ」那須野は顔をしかめた。

「昔も今もない。整備屋が面倒を見た戦闘機をパイロットが飛ばす、同じだ」

「シンプルだな」

「難しいことを考えると熱が出る」工藤はニコリともしないでいった。那須野はその言葉を信じた。

「七・五以上か」工藤が溜め息まじりにいった。

「冗談だよ、忘れてくれ。明日の相手がクレイジーな奴なんでちょいとナーバスになっていただけのことだ」

「悪い癖だな、那須野」工藤がいった。

「何が？」那須野は眼《め》をすぼめて、整備班長を見た。

「前言をひるがえすことさ。口に出した言葉は消えない」工藤は那須野の顔を見た。

二人は瞬時睨《にら》み合ったが、やがて工藤が口を開いた。

「オレがバラしてネジの一本一本まで締め直しておく」

「おとといC整備を済ませたばかりだぜ」那須野は口の中でいった。

「マニュアルはオレだ」

工藤は無表情のまま答えた。泣いたり、笑ったり、怒ったりするのでさえ面倒臭い、仕事に関係ないことは呼吸でさえ、面倒になる男だった。

「手伝おうか？」那須野が訊いた。

失言は格納庫の乾いた空気に漂い、消える。

工藤は何もいわず、しばらく那須野の目を見ていた。ハッカパイプを唇の端から端へ転がしている。やがて重い口を開いた。

「ファントムが急降下から立ち上がる時、機体にはどのくらいの重力がかかる?」

「四G」那須野は当たり前のことを訊くな、という顔つきで答えた。

「お前が手を出せば、こいつは四Gになる前に空中分解するぜ。素人は手を出すな。オレの仕事だ。飛ぶことだけ考えてろ」

工藤の顔が崩れた。笑っている。珍しいことだった。

「だが——」那須野は口ごもった。「お前の班は早朝勤務明けで誰も残ってない」

「一人でやるさ。こいつは今じゃ第三班の担当で、後輩の一人が機付長をしている。無断でオレが手を出すには、どっちにしろ時間外にやるしかない」

「明日の朝までに組み上がるのか?」

那須野の二度目の失言だった。

工藤は唇からハッカパイプを抜き取るともう行けというように振った。那須野は工藤の肩を叩き、小池と連れだって格納庫を後にした。

格納庫を出たところで、小池はふいに立ち止まり那須野の肩を乱暴につかんだ。

「そろそろ話せよ、相棒」

「何のことだ？」那須野が訊き返す。

「ジーク」小池は一音、一音ゆっくりといった。「なぜ、誰もがお前をそう呼ぶんだ？」

那須野は小池を見返した。テコでも動きそうになかった。あきらめて首を振った。

「ＯＫ、機密事項だが、仕方あるまい。だが、ここじゃまずい。お前の車で話そう。オレのアパートまで送れ」

小池は黙ってうなずいた。


基地のゲートを白のカリーナＥＤがくぐり抜けた時にはあたりには夕闇が迫っていた。小池はハンドルコラムの右側に突き出ているスイッチをひねり、スモールランプを点灯した。

電車の走らない沖縄は、車の量が多い。夕刻のラッシュ時には時として苛立《いらだ》つほどゆっくりとしか走れなかった。那須野はシャツの胸ポケットから煙草を取り出し、くわえたが、小池が吸わないことを思い出してウィンドウを細めにあけ、そこから煙草を投げ捨てた。小池は満足そうに息をついた。

「十五年前のことだ」那須野は話しはじめた。「航空自衛隊の隊員が大量に米軍に派遣されたのを覚えているか？」

「研修が目的だったな」小池はうなずいていった。

「そうだ。そのメンバーのうち一人のパイロットと、整備員の何人かが実戦を経験した。何しろ同じ時期に派遣されている搭乗員だけで四十名近かったからな。一人くらいイスラエル派遣団に潜り込むことができたってわけさ」

「知らなかった」小池はうめいた。

「当然だろうな。防衛庁内部、それに航空自衛隊の中でも一、二を争う機密事項になっている」

「なぜ?」

「そのパイロットがあろうことか見学に行った先で戦闘に巻き込まれ、さらにありえないことだが、敵機を撃墜してしまったんだ」那須野は低い声でよどみなく話した。「一九七三年十月、イスラエル上空。ちょうどその日、伝説の『ヨム・キップル・ウォー』が始まったのさ」


一九七三年十月八日、月曜日。

那須野は朝から待機室に詰めていた。アラート勤務に就いているのは、イスラエル空軍の若いファントムパイロットが五名、それにラビンだった。緊急発進の指示が出てから五分後には離陸できる態勢で、二機のファントムが用意されている。その日も特別な警戒を必要とする状態ではなく、パイロットたちはリラックスしていた。

正午近くになってバーンズがやってきた。別に理由があって待機室を訪れたのではない。ハイファ基地にいる米軍関係者——那須野、バーンズ、ラインダースの三人は、戦闘任務に組み込まれない時はアメリカから運んできた二機のファントムをアラート用の格納庫に置き、緊急発進にまぎれこもうと狙っているのが常だったからだ。

だが、那須野とラインダースが乗り組み、着陸時に脚を壊したファントムが使用不能状態のままで、バーンズの乗機のパイロットは、連絡機でトルコにある米空軍基地に行ったきり戻っていなかった。バーンズは、その若い大尉がラインダースに比べればはるかに平和主義者なのだ、と説明しただけで、二度とその話題に触れようとはしなかった。バーンズはパイロットとしても訓練を受けていたが、彼の本領は後席で武器管制士官としての仕事をしている時に発揮された。

暇な時、那須野は大抵待機所でバーンズか、ラインダースと過ごした。バーンズは基地司令との打ち合わせや米軍内の会議で忙殺されていることが多い。那須野とラインダースは待機所に詰め、ラビンが基地司令に手を回して許可を取ってくれた時に限って、スクランブル発進することができた。

那須野は待機所に入ってきたバーンズをしばらく見ていたが、バーンズは何もいわずに肩をすくめただけで、隅のベンチに腰を下ろし、古いプレイボーイを手にした。

那須野はコーヒーテーブルをはさんで座るラビンに視線を戻した。

「バーンズ中佐が何をしてきたか、君が何を期待しているか、当ててみせようか?」ラビンは鼻髭《はなひげ》を動かし、珍しく軽い口調でいった。

つい先ほどまで、バーンズはハイファ基地の通信室にいて、故障したファントムの予備部品を送ってくれるように要請していたのだ。米軍の基地から輸送機を飛ばすことは困難で、イスラエルには予備の主脚を回す余裕はなかった。連日の激しい戦闘でイスラエル空軍のファントムも傷ついており、予備部品は常に払底している状態にあった。

「それ以上はいわないで下さい。気が滅入《めい》る」那須野はわざとがっかりしたように肩を落として見せた。

「だが、見事な処置だったよ」ラビンは何度か口にした称賛の言葉を年下のパイロットに浴びせた。「どうやってあの方法を学んだんだね?」

「同期のパイロットに、私より優秀な奴がいましてね。ちょうどこの間みたいに着陸直後にフラットタイヤを食らったんです。そいつがアンチスキッドを切って、わざとタイヤを滑走路に擦《こす》りつけてパンクさせ、滑走路からファントムが飛び出すのを防いだといってました」那須野は何度もうなずきながら付け加えた。「私は、その男の真似《まね》をしたに過ぎません」

「君は、その友人の言葉を信じていたわけだ」ラビンは感心した。

「ここだけの話ですが――」那須野はコーヒーテーブルの上に身を乗り出し、声を低めていった。「私も自分でやるまで信じてなかったんです」

ラビンが声をたてて笑った。

その直後にサイレンが鳴った。ラビンと後部座席員、さらに二人のイスラエル空軍パイロットが待機所を飛び出した。那須野とバーンズもあわてて立ち上がり、自分たちのファントムに向かって走る。

すでに三機のファントムには整備隊員が貼りつき、胴体下部にある補助空気取り入れ口に火薬カートリッジを仕掛けているところだった。圧搾空気の供給車を使用しないで短時間でエンジンを始動させる場合、ファントムの胴内で炸薬《さくやく》を破裂させ、その爆風をタービンブレードにあてて強制的に回転させる方法をとる。エンジンの損耗は激しかったが、時間は節約できた。

そして今は時間が何より勝負の鍵を握っているのだ。

ファントムにたどり着くとまずバーンズがタラップを駆け上がり、後部座席に着く。続いて射出座席についた那須野は、スロットルレバーに手をかけ、機の前方にいる整備隊員に向かって、右手の親指を突き上げる。整備隊員はすぐに機体下にいる別の隊員に合図を送った。

爆発音。

那須野はすかさずスロットルレバーを前進させ、エンジン回転計に眼をやる。出力二〇パーセント。上昇中。エンジン排気温度計が反応する。出力はさらに高まる。スロットルをアイドリングの位置に置き、那須野は主電源スイッチを入れた。計器パネルが次々に息を吹き返す。風防の枠に引っかけてあったヘルメットを取り上げ、頭にかぶるとストラップで固定した。酸素マスクとGスーツのホースを所定のアタッチメントにつなぎ、無線用のコードを接続する。そして射出座席と身体《からだ》を結ぶハーネスを固定した。

「不都合が生じたようだぜ」バーンズがインターコムを通じていう。

那須野は顔を上げた。二番機の胴体下から整備隊員が飛び出し、別の火薬カートリッジが用意される。二番機のエンジンがかからないのだ。

〝緊急発進、緊急発進〟管制塔の指示が機関銃のように響く。〝敵機、洋上から数十。接近中、接近中〟

那須野は眼の隅でラビンの駆る一番機が動きはじめるのを捉えた。一番機では、早くも後席の風防が閉じかかっている。

「行こうぜ、ナスノ。オレたちも出撃だ」

「了解」

那須野はスロットルレバーをわずかに押しだした。那須野とバーンズのファントムを担当する整備隊員——機付長が両腕を伸ばして『前進せよ』と合図を送る。すれ違う瞬間に見事な敬礼を決めた。

那須野は左手で答礼した。

〝ナスノ〟ラビンが呼びかけてきた。

那須野が返事をする。

〝我々の二番機はエンジン不調だ。このまま上がるが、君は二番機を務めてくれ。コールサインは、スパイダー0・2だ〟

「スパイダー0・2、了解」那須野は酸素マスクの中の無線機に声を吹き込んだ。

二機のファントムは次々に滑走路に出るときれいに並び、ローリング・テイクオフで編隊離陸を決めた。

ヨム・キップル戦争は、エジプトとシリアの空軍が飛ばしたミグ四機編隊七波が押し寄せてくることで開始された。

一九七〇年に急死したナセルの跡を襲ったエジプト大統領アンワール・サダトは凡庸と見られ、さらに強大な政治力をもつ後継者が出現するまでのワン・ポイント・リリーフといわれたが、政権についてからは全アラブ諸国の指導者中、戦時、平時の別なくもっとも優秀な人材であることを示しはじめた。サダトはスエズ運河沿いに壮大なミサイル防衛網をつくり、同時にシリアも対イスラエル国境の防備を増強した。サダトはこの計画がイスラエルに発覚することを少しでも遅らせるために陽動作戦として派手な演習を繰り返し、それが済むと一時的な小康状態を故意に演出した。ハ・モサド——少人数ながら厳しい訓練で鍛えられた優秀な人材を擁するイスラエル諜報《ちょうほう》機関は、エジプトの戦力を過小評価していた。それがDデイ、後にイスラエル側にとって『ヨム・キップルの戦い』と呼ばれるようになる攻撃を促す結果となった。エジプトとシリアはヨム・キップル（贖罪《しょくざい》）の日——国民休日で兵士の士気がもっとも低下している時を狙ったのだった。

二機のファントムが離陸した直後、すでにハイファ基地上空にさしかかっていたMiG‐21四機編隊がすれ違いざまに滑走路を攻撃した。

ラビンは、那須野にコールをかけるとすぐに四G旋回をかけ、機首を滑走路に向けた。ミサイルの発射装置をセットする。

「ひどいな」旋回中のファントムの後席でバーンズが呻《うめ》き声を上げた。「滑走路に大穴があいたぜ」

那須野が旋回を終えた時、四機のミグは爆撃降下を終えて、上昇しかかっているところだった。

〝スパイダー0・1、交戦《エンゲージ》する。0・2、後方援護しろ〟

「了解」

那須野はラビンの一番機の後方、五〇〇フィート上空に占位した。ミグは二機ずつの編隊となって左右に分かれる。左の空には、積乱雲が盛り上がっており、ミグ編隊が飛び込むのが明白だった。躊躇《ちゅうちょ》することなくラビンは右に行ったミグを追った。

左に向かったミグ編隊の先導機をちらりと見た那須野は、心臓がおかしな音をたてるのを感じた。

先導機の主翼には、鮮やかなオレンジ色の帯が描かれていたのだ。

「スパイダー0・2から0・1へ。スメルジャコフが来ている。〈商人〉が左に行ったぞ。気をつけろ」那須野が怒鳴った。

ラビンからは、ジッパー・コマンドが返ってきた。

〝地上管制官からスパイダーフライト。敵機が貴編隊の後方に回り込もうとしている。七時方向、七マイル〟

〝スパイダー0・1、了解〟

「七時だ、フランキー」那須野は怒鳴りながらバックミラーをちらりと見上げた。

すでにバーンズは身体を拘束するハーネスを外し、上半身をねじって左後方を見ている。那須野は右のフットバアを踏み込み、操縦桿《そうじゅうかん》を倒して、ラビンを追った。先行するファントム一番機のさらに前方二マイルほどをミグ編隊が北に向かって逃れようとしていた。激しく機体を左右に揺さぶっていた。

「スパイダー0・1」今度はバーンズが怒鳴った。「右に急旋回しろ《ブレイク・ライト》。六時《シックス》、敵機《ボギー》だ」

〝スパイダー0・1、交戦を中止する《ディスエンゲージ》〟

照準器の中で、ファントム一番機が腹を見せて鋭く右旋回を切るのが見えた。上空から二機のミグが機関砲を発射しながら襲いかかる。同時にラビンに追われていた二機のミグが左に、那須野の正面に旋回してくるのが見えた。

スメルジャコフ率いる二機編隊のミグは、そのまま垂直降下を続け、地表近くまで高度を下げる。それを見た那須野は、操縦桿を左に倒してラビンの攻撃を逃れた二機のミグ編隊の追尾にかかった。

「スパイダー0・2、交戦する《エンゲージ》」那須野がコールをかけた。

一度、旋回して機体を沈めたラビンが、機首を上げ那須野機の後方につこうとするが、突然スメルジャコフの編隊が急上昇に転じた。逆に狙われる立場となったファントム一番機は、再び急旋回を切り、ハイファ基地の南へ逃れざるをえなくなった。

那須野機は左に短く旋回し、降下しながら数秒で攻撃態勢に移った。那須野は再びバックミラーを見上げた。バーンズが射出座席の上でしきりに身体をねじって後方を見ている。那須野は前方に向き直った。

照準環が二機のミグのうち、後方を飛ぶ一機に重なる。

赤外線追尾式ミサイル『サイドワインダー』の弾頭部に設けられたシーカーがミグの

排気熱を感じて、トーンを送ってきた。が、ミグの急旋回に翻弄されてトーンは弱々しく、十分に照準されていないのは確実だった。

「ミグだ。六時上空《シックス・オクロック・ハイ》に、ミグ。さっきの二機編隊だ」バーンズが怒鳴る。

「まだだ」那須野が怒鳴り返す。「スメルジャコフがオレの尻を狙うためには、もっと接近しなきゃならない」

「お前はとんでもない奴だ、え、ナスノ」バーンズが呆《あき》れていう。

「そうかも知れない」

那須野は前方を行くミグに神経を集中させた。スロットルレバーを前進させ、さらにL字形になったレールの上を滑らせた。ファントムに搭載されている二基のJ79エンジンのアフタ・バーナが点火し、速度は一気に六〇〇ノットを超える。

トーンが強くなった。

「OK、かっちり捉えたぜ、相棒。さっさと撃墜してくれ、でないと――」バーンズが後ろを見ながらいう。だが、最後まで言葉にすることができなかった。「奴ら、ミサイルをぶっ放したぜ。アトゥールだ」

西側の傑作、赤外線追尾ミサイル『サイドワインダー』のデッド・コピー版がソ連のアトゥールミサイルだった。

「かわせ、ナスノ。急旋回《ブレイク》しろ」バーンズが悲鳴を上げる。

「ロック・オン」

那須野はバーンズの警告を無視してミサイルの最終安全装置を外すと、操縦桿についている発射ボタンに親指をかけた。押し込む。

「スパイダー０・２、フォックス２」

那須野機の右翼下からサイドワインダーが飛び出し、白いロケットモーターの煙を吐きながらミグを追いかけた。だが、那須野にはミサイルの航跡を追う余裕はない。すぐに操縦桿を前に、右に倒して急降下バレルロールを打つ。ファントムはマッハ一を超え、機首を真下に向けながら増速した。

重力が前、後席のパイロットを締め上げる。

那須野は視線を下げ、計器パネルのGメーターを見た。四G、五G、六G——機体がきしみ、乾いた音が骨まで響く。那須野もバーンズも息を止め、下腹部に力をこめて重力に逆らった。後方から追尾してくるミサイルを避けるには、ミサイルの旋回半径の内側に回り込んで振り切る以外になかった。

那須野は視野の端にミサイルのロケットモーターが吐き出す白い煙を認めると旋回をやめ、機体を立て直した。

「オレはミグを撃墜したか?」那須野はバーンズに訊いた。

「すまん、見ていなかった」バーンズが小さな声でいう。かすれていた。「すまない、ナスノ」

「いいんだ、ビッグ・フランキー。オレたちは逃げるので精一杯だったんだ。見ている余裕なんてなかったさ」那須野は後席の米軍中佐を慰めた。

〝見たぞ、スパイダー0・2〟ラビンが無線で知らせてきた。〝ミグは真っ二つになって落ちていった〟

撃墜？

那須野は頭に血が昇るのを感じた。ファントムを駆り、ミグを追い詰め、撃墜したのだ。

〝0・2〟ラビンの緊迫した声が飛んだのは数秒後だった。〝後方から攻撃されている。ミサイルだ、ブレイクしろ〟

その直後、那須野は激しい衝撃に襲われ、目の前が真っ白になるのを感じた。

6

航空自衛隊那覇基地。

南西航空混成団に所属する第三〇二飛行隊の建物、そのブリーフィングルームで三十五名のパイロットが一斉に立ち上がった。

南西航空混成団司令、才堂孝次《さいどうこうじ》一等空佐が入室してきた。痩身、小柄。五十代半ばに達しているはずだが、ポマードできっちりとオールバックにかためた髪、鼻の下に生やした髭《ひげ》には白いものはない。秀でた額、鋭い眼光、戦闘機乗りの雰囲気が濃厚に漂っている。才堂はブリーフィングルームの正面に掛かっている大きな黒板の前に置かれた壇上に進んだ。後ろから、米空軍の制服に身を包んだ長身でビア樽《だる》のような身体《からだ》つきをしたラインダースがのっそりと続く。

才堂とラインダースは壇を前にして用意された折り畳み椅子に腰を下ろした。

「着席」鋭い声が飛ぶ。

起立したまま司令を迎えた三十五名のパイロットはそろって着席した。コの字形の会議机には、オレンジ色のフライトスーツに身をかためた戦闘機パイロットたちが並んでいる。クルーカットにしている者、脂っ気のない髪をゆるやかにウェーブさせている者、鼻の下にたっぷりと髭をたくわえている者、その誰もが湖水のように澄んだ瞳をしていた。

那須野はコの字の底、司令や第三〇二飛行隊長が座る席の正面に座っていた。那須野はラインダースをにらみ、ラインダースは口許《くちもと》を引き締め、冷たいブルーの目で那須野を見返した。

「ここにいるハンス・ラインダース少佐はハワイのヒッカム基地から一昨日来た」才堂が口をきった。「少佐は十二日後の十二月九日に実施される米空軍新型兵器の実験について説明する」

ブリーフィングルームの中が瞬時にして静まりかえる。

「さて——」才堂は言葉を切り、部下たちを見渡しながら続けた。「その実験にはソ連も大変な関心を示している。どうやら招かれざるお客が来るらしい。沖縄には米空軍第一八航空団が展開しているが、防空権をもっているのが我々航空自衛隊であるとの配慮から、あらかじめ情報を公開するために今日のブリーフィングを開催することになった。それではラインダース少佐から状況説明を願おう」

才堂はラインダースに向かってうなずき、ブリーズといった。

ラインダースはなまりの少ない英語で話しはじめたが、早口でもあり、那須野を除いたパイロットの大半は聞き取るのに苦労した。

「皆さんもご存じのように一九七五年、我が軍がヴェトナムから撤退した時――」

ラインダースの言葉を聞きながら那須野は思った――敗退といわないのかな?

「ソ連軍はハノイ政府に軍事基地の提供を求めていました。ソ連はこの戦争中、国際政治の表舞台でヴェトナム戦争への米軍の介入を口をきわめて非難しながら、その裏側では人、物資、金の軍事援助を続けていました。戦争終結後、ソ連はその代償を求め、応じたハノイは南ヴェトナムのカムラン湾に軍事基地の建設を認めました」

歴史の授業でもあるまいし――那須野はアクビをした。

机を取り囲んでいる隊員は誰もが似たような表情をしている。

対馬《つしま》海峡通過コースを飛ぶソ連機のほとんどがヴェトナムから来ることくらい、沖縄のファントムライダーなら誰でも知っている。

例外が一人いた。アブラムシと呼ばれる二等空佐の加納《かのう》。いつもビクビクしている小心者で、下位の者にはいばり散らすが、上官には時と場所にかかわらずおもねることを忘れない。安物のポマードの臭いをプンプンさせ、手をふりあげるとさっと物陰に逃げ込む――アブラムシと呼ばれる所以《ゆえん》だった。

ラインダースの話は続いていた。

「ソ連はヴェトナムの基地を拡張して爆撃機をも離着陸できるようにしました。ここから爆撃機が飛び立てるということは、ソ連機がそれだけ遠くへ作戦できるようになったことを意味します。戦闘機なら途中で空中給油機の助けを必要としますが、満タンにした爆撃機なら地球を三分の一周、無給油で飛行できます」

ジャンボジェットなら無給油で地球を半周、米戦略空軍がもっているB－52『バッフ』なら核弾頭付きのクルージングミサイルを腹に詰め込んで一周できる。

那須野は今までバカでかい爆撃機でゆったりと航行しているボマーパイロットはもちろん、操縦桿《そうじゅうかん》を握っている間に美人の客室乗務員が尻を振ってコーヒーを運んでくる民間の旅客機パイロットさえうらやましいと思ったことがない。爆弾を抱えて何十時間も飛び続けるのは願い下げだったし、まして五百人もの乗客を背負って飛ぶほど自分の神経が太くないことも知っていた。

「我々の今回の実験は今後の米ソ関係に多大なる影響を与えるものですが、彼らの狙いはオキナワの周辺で使用されている電子機器の発する電子情報の収集にあります。このため、十二月九日にやってくるのは一〇〇パーセント、バジャーJであると思われます」ラインダースの口調はよどみない。

バジャーJか——那須野はラインダースの言葉にはじめて反応した。

一九八七年二月、米国防総省が発表した写真によれば、カムラン湾のソ連軍基地には長距離爆撃機『ベア』が五機、同じく爆撃機の『バジャー』が十五機撮影されていた。日本近海を飛行するソ連機はバジャーが多い。たいていこのカムラン湾の基地から飛来しているのだ。

バジャーJというのは、西側がつけたコードネーム。もちろんソ連ではそのように呼んでいない。正確にはTu－16長距離爆撃機。Jタイプはその中でも電子戦専用に開発されたものだった。

ソ連の航空機開発は国営化されており、組織は、五つの局に分かれている。その中でも那須野たち航空自衛隊員にとって馴染《なじ》みがあるのは、戦闘機を開発するミグ局とスホーイ局、それに爆撃機を担当するツポレフ局。Tuはツポレフの略称だ。あとの二局はエンジンと電子機器を担当している。

「さて、十二月九日の我々の実験についてですが――」ラインダースは言葉を切って室内を見渡した。一斉に空自のパイロットたちがひざを乗り出す。ラインダースは満足して言葉を継いだ。

「オキナワ本島から南東へ一〇〇キロの地点に幅五キロ、全長五〇キロの制限空域を設け、その中で行われます。実験は午前十時から正午までの二時間。この時間内には米空軍指定の航空機以外、入ることはできません。これは米空軍当局と防衛庁、航空自衛隊の幕僚監部との間ですでに合意していることであり、日本の民間航空局および運輸省の許可をえております」

その時間帯に飛び込めば米軍機に撃墜されても文句はいえないということだ――那須野は口許をゆがめた。

そのトンネルの中を護衛機に守られたステルス機が飛行し、後日レーダー情報を解析する。飛行編隊は何度も往復することになる。

「当日は第一八航空団から二個飛行隊が実験に参加し、さらに戦略空軍がＡＷＡＣＳ機を飛ばす予定です」ラインダースがいった。

その言葉にブリーフィングルームの中では声が漏れた。ＡＷＡＣＳ――空中早期警戒管制機、ボーイングＥ－３Ａ『セントリー』は民間用のジェット旅客機ボーイング７０７を改造したものだった。

外観は優美な旅客機のままだが、後部胴体上に直径九・一四メートルのロートドームと呼ばれるレードームを背負っている。これは毎分六回の率で三六〇度回転し、全周を監視できる。キャビン内は大型のコンピューターで占められ、機上からも作戦指揮をとることができる。アメリカ以外では、ＮＡＴＯが共同購入し、サウジアラビアも一機保有している。次のマーケットとしてアメリカが狙いをつけているのが日本だった。世界で一番高価な航空機を買える国は、それほど多くない。

「どのような実験をするかについては話していただけないのですか？」一人の三等空佐

がのんびりした声で訊《き》いた。

ラインダースは声のした方に鋭い視線を飛ばし、それから会議机を囲んでいる連中の顔をゆっくりとながめまわした。最後に那須野をぐっとにらみつける。部屋の中が再び静まった。

窓の外を飛ぶ雀《すずめ》の鳴き声が場違いに聞こえる。

「いいでしょう」ラインダースはゆっくりといった。「ここにいるメンバーだけにお話しするという条件で、我々の実験について一部公開しておきましょう」

那須野は喉を鳴らした。

ラインダースは喋《しゃべ》るつもりだろうか？——心臓が激しく鼓動している。

「我々は当日、この制限空域内において新型の長距離射程を持つミサイルの実験を行う予定です。このミサイルは従来のレーダーホーミング式に赤外線探知機能を——」

ばかばかしい——那須野はラインダースの並べるごたくをほとんど聞かなかった。だが、会議に出席していたメンバーはしきりに感心している。途中、目の前のノートにメモをとる加納がきつく注意を受けたが、与太話は五分ほど続いた。ラインダースが話し終えると誰もが溜《た》め息《いき》をついた。

那須野はゆっくりと手を挙げ、指名を待たずに質問した。

「なぜ、その実験を沖縄で行うことにしたのですか？」

那須野は意地悪く口許をにやりとゆがめて見せる。だが、ラインダースは動じた様子もなかった。

「今の質問にお答えしよう。ミサイルの実験はすでにアメリカ合衆国の近海、ヨーロッパ、アフリカなどで行われ、各国の気象や磁気の影響についてデータ収集を終えている。今は太平洋を囲む各地域で行う。それだけだ」

なるほどちゃんとした理屈だ——那須野は感心した。

他の隊員がミサイルの性能と実戦配備時期について質問したが、当然のことながらそれには答えられないとの返事が返ってきた。配備予定もないミサイルの実験についての話。答えられるはずもない。それで会議が終わった。

那須野がドアを出たところでラインダースが待っていた。那須野の肩を叩《たた》くと意味ありげににやりと笑った。

「グッド・ラック、ボーイ」ラインダースはそういってくるりと背を向け、本部舎に歩いていった。

「そっちこそ六時に気をつけろ」

那須野は捨て台詞《ぜりふ》を吐いたが、ラインダースはわかっているというように手を振っただけだった。

飛行隊の建物を出た那須野は、それからの三時間、小池とともに離陸準備に追われた。米軍との共同訓練を行うために下限高度、天候、攻撃方法などについて細かいブリーフィングが行われた。

ようやく自分たちの乗機にたどり着き、点検をはじめたのが離陸一時間前。機器の点検をしながら那須野は、飛行団の会議に出ていたために出席できなかった小池にブリーフィングの内容をかいつまんで話したが、小池は聞いているだけで何もいわなかった。

午後一時四十五分——那須野と小池は準備の整った四二七号機に乗り込み、僚機三機とともにアフタ・バーナの轟音《ごうおん》を響かせながら滑走路を蹴って舞い上がった。

一号機が加納で、その僚機である二号機にはヴェテランの二佐が乗り込んでいた。三号機が那須野で四号機には岡本と縄多の二人が搭乗していた。沖縄本島の東南一〇〇キロの指定された空域に到着したのは午後二時三分前だった。

「いよいよご登場ですなあ」後席の小池がノンビリという。「おや?」

「どうした?」那須野が訊いた。

「相手は五機だぜ。どうやら、お前のラインダース少佐は無理やり編隊にまぎれこんだようだ」

「編隊とは別に離陸して空中で合流したんだ。昔から面倒なことが嫌いで、規則は破るためにあるといっている。そういう奴《やつ》なんだよ」

那須野はそう応えながら、目の前にあるレーダースコープにも五つの輝点があるのを確認した。

〝ルール違反でしょうが――〟

加納が無線を通じて、相手が五機であることにひとしきり文句をいうのが聞こえた。那須野は喉の奥で笑う。加納はむしろ相手の数が多くて喜んでいるのだ。たとえ一太刀《ひとたち》も浴びせることができずに完敗を喫しても、これで十分言い訳ができる。

「敵機、レーダーに反応あり」小池が那須野に告げる。「方位一六五。高度二七二、速度一・二マッハ、上昇中。野郎、なかなか真面目《まじめ》だな」

「どうして？」那須野は操縦桿を軽く倒し、徐々に高度を落としながら訊く。ラインダースの編隊に正対するように機動する。

「ファントムに乗ってるぜ」

「なぜ、わかる？」

「レーダー波だよ。我々と同じ型を積んでいるんだろう。方位を同調させると派手に乱れるからな」小池はレーダーの操作スティックを様々な方向に倒し、相手の正確な位置と高度を割り出していた。

ラインダースが編隊を離脱するのは、問題がなさそうだ。もとから編隊の数に入っていない。だが、那須野と小池が隊を離れるためには、ちょっとした芸当を見せねばならなかった。何しろ、隊長はガチガチの加納だ。能のない編隊長ほど、無駄に僚機をしばりつけておきたがる。

「そろそろ編隊離脱宣言の時間だな」小池が無線機のスイッチに手をかけていった。

「いつもの手で行こう」那須野は早速ヘルメットに固定してあった酸素マスクを外し、口許のすぐ横にぶら下げた。マイクに向かって音のしない口笛をふく。イヤフォンに耳障りな雑音が響く。

「こちらエンジョイ・フライト1・3」小池は無線機をセットするとチャネル・ツーで編隊長の加納機に呼び掛けた。「これより編隊を離脱、降下し、高度二・五で敵編隊下方から接近する」

〝何だ？　何がどうしたっていうんだ。離脱許可など認められない〟加納があわてふためいて金切り声で叫ぶのを、那須野と小池はニヤニヤしながら聞いた。

「えーっ、編隊離脱の許可を求む」小池が気取っていう。

那須野の口笛が一段ときつくなる。無線機には雑音の嵐が吹き荒れているような音が混じっていた。

〝編隊……許可など……与えて……ネガティヴだ、エンジョイ・フライト1……無線機の調子が悪い、よく聞き取れないが……ネガティヴ、ネガ……〟

加納の声は絶叫に近くなった。

「無線機の調子は悪いが、編隊長の離脱許可は聞こえた。これより、離脱する」

小池の言葉と同時に那須野は操縦桿をぐっと倒し、マスクの中のマイクに向かって強く息を吹きつけた。加納の声がまったく聞き取れなくなった。

小池は米空軍の使用周波数に無線機を切り換え、ラインダースを呼んだ。

「エンジョイ・フライト1・3からラインダース少佐、こちらは編隊を離脱した」

〝了解〟ラインダースのダミ声が聞こえる。〝こちらも離脱する〟

ラインダース機らしい機影が米軍編隊からすっと上昇するのが見えた。

一〇マイルも離れていたが、訓練を積んだ那須野の眼《め》には、その機の太い胴体、ずんぐりしたシルエットがイーグルのものではないことを見て取った。ラインダースはファントムに乗っている。

上空から那須野に襲いかかるつもりらしい。空中戦では相手より上に占位しているか、あるいは機速がはるかに速い方が有利だ。高度をとって速度を犠牲にするか、急降下で速度を稼ぐか。一瞬の判断がパイロットに求められる。

高度と速度、エネルギーの位置を置き換え、次の手を決める。このことを念頭に置かずただ敵機の尻を求めて飛ぶパイロットはその時点で〈死んだアヒル〉といわれる。

パイロットは一対一、沈着冷静にこれらの数字を頭の中で素早く計算し、三次元チェスを戦うことになる。急降下、急上昇、旋回、横転。すべては次の瞬間に自機が置かれるポジションを想定して行わなければならない。

ジェット戦闘機による現代空中戦は驚くほど短い。二分以上コンバット・エア・エリアに留《とど》まるのはパイロットの肉体的限界を超える行為であり、自殺に等しい。

「敵機は針路を変えた。新しい方位二〇〇、クソッ」小池が毒づいた。「オーバーシュートするぞ。このまま行くとオレたちは奴の真下でケツを見上げる恰好《かっこう》になるぜ」

「気にいらねぇな」

那須野は操縦桿をそっと引き、機体を水平にするとラインダース機の浮かび上がってくる方向に機首を向けた。巨大な円を描きながら青い大気の中で二機の戦闘機が巴《ともえ》に旋回する。ラインダースが急速に接近してきた。

見えた——気弱な心臓がおかしな音をたてた。那須野は操縦桿を倒し、右のフットバアを踏みつける。エアコンプレッサから大量の空気が流れ込み、Gスーツが容赦なく身体を締め付ける。胃袋のあたりが一番きつい。吐き気がした。心臓が燃料ポンプに負けない勢いでアドレナリンを全身に行き渡らせようとしている。

歯を食いしばった。

次の瞬間、なにもかもがひどくゆっくりと、スローモーションのように見えてきた。恐怖より相手を撃墜したいという欲望が勝る。

酸素マスクの中、短く浅い呼吸音。額からこめかみへ、流れる汗。

那須野は口をわずかに開け、冷たく乾いた酸素を吸った。心臓が痛いほど鼓動している。目をすぼめた。那須野の中で、もう一人の男が立ち上がる。

暗い眼をしたパイロット。ジーク・ザ・キラー。

左手で握ったスロットルレバーを前へ押し出し、アフタ・バーナに点火する。急激な加速にともなうショックが二人の搭乗員を揺さぶり、燃料計の針が狂ったように回転をはじめた。速度はいきなりマッハ一を超え、さらに上昇する。

来い、ラインダース――ヘッドアップ・ディスプレイの中で小さく揺れる黒い影を見つめた那須野は、口の中でいった。今日は本物のジークが相手をしてやる。

右上空へ向かったラインダース、左下方へ飛んだ那須野。正面からぶつかり合う日米二つの戦闘機編隊をはさんで、二機のファントムは半径数十マイルに及ぶ巨大な円を描いた。旋回の頂点で、ラインダースが那須野機に呼びかける。

〝コンバット・オープン。ジーク、行くぞ〟

那須野はラインダースの無線に応えずに操縦桿を引き、機首を上げた。それぞれのレーダーが接近してくる敵機を求めて空中を探り合う。

小池のレーダーが反応した。

「ヘッド・オン」小池の鋭い声が飛ぶ。敵機は十二時、真正面だった。「距離は、二〇マイル」

「見えた」那須野が答えた。

〝タリホー〟

ラインダースが那須野機の視認を宣言した。互いが相手を見つけ、照準器に捉えたのだ。ミサイル戦ならここで勝負がつく。那須野は舌なめずりした。

「燃料？」那須野が訊いた。

「一二・三」小池が答えた。

一万二三〇〇ポンド。那須野は落下タンクを切り離した。ラインダース機からもキラキラ輝きながらタンクが落ちていく。空気抵抗と重量を減らした機体がさらに加速する。二機のファントムは西と東からほぼ正面に向き合ったまま衝突するように接近した。

わずかな弱気を見せ、先に旋回した方が相手につけいる隙を与えることになる。

「一時の方向、はっきり見える」那須野がいった。

「すれ違いざまだな」小池は落ち着いていった。「サイドワインダーの使用が認められていたら、この瞬間にすべては終わっていたな」

模擬空中戦の判定は、バルカン砲に連動して撮影するガンカメラに収められた結果を後日解析してから下される。だが、パイロットには瞬間的に勝敗がわかるものだ。

スリー、ツー、ワンと那須野は胸のうちでカウントした。

スリー――ラインダース機の衝撃波が機体を揺さぶった。小池が呻《うめ》く。

ツー——手が届きそうな空間を二機のファントムがすれ違う。

ワン——那須野は操縦桿を倒して、左のラダーを蹴っ飛ばす。機体はちょいと沈んで弾《はじ》かれたように旋回した。

敵機のロック・オンを感知していたレーダー警戒装置が沈黙する。

「小池、三時だ、三時を見ろ」那須野が叫んだ。

ちらりとのぞいたバックミラーに、ショルダーハーネスを外し、右手を窓枠にあてがい、機体の右方向を凝視している小池が映っていた。

「三時の方向に敵影なし。一体、どこへ行ったんだ?」小池は怒鳴りながら側方の上空、水平、下方と視線を素早く飛ばしている。白いヘルメットが忙しく動く。「クソッ、こんなことがあるか」

「レーダーには?」那須野は操縦桿を引き、左のペダルを踏み込みながら訊いた。

「反応なし」小池はにべもない。

那須野機はほぼ一八〇度の旋回を終え、先ほどラインダース機とすれ違った空間に機首を向けていた。

高度二万八〇〇〇フィート。二〇〇〇フィートほど上昇したことになる。アフタ・バーナを十分に利かせていたが、わずかにスピードが落ちていた。那須野は下降しようと操縦桿を突きかけた。

「ノー、ストップ」小池が金切り声を発した。「上だ。太陽の方角」

那須野は反射的に操縦桿をいっぱいに倒し、右のラダーを踏んだ。機体は急激な機動にグラッと揺れ、横滑りする。急降下。

「ジンキング」小池は叫んだ。

ジンキング――数秒の間に操縦桿やラダーペダルを断続的に操作して機体の進む方向を細かく変えること。那須野はファントムを上下、左右に揺さぶった。降下した那須野機の後ろをきれいに旋回してラインダースが追う。

「離れないぜ。ぴったり食らいついてくる。九時、上空」岩だらけの斜面をぶっ飛ばすバギーのように激しく震動するコクピットの中で小池の声が揺れる。

左上方から襲いかかってくるラインダース機。那須野は操縦桿を倒したままでラダーペダルを交互に踏んだ。那須野機はタヒチアンダンサーのように尻を振って、降下反転、逃げを打つ。スピードでまさるラインダースがわずか半マイルほど先をくぐり抜けた。

那須野はその隙をついて上昇した。が、無理な回避機動は那須野機のエネルギーを奪い、ようやく空中に浮かんでいるような状態になる。ラインダースの背後に回り込んだが、追尾は不可能。次にできるのは、いち早く高度をとって少しでも優位なポジションに自機を誘導することだけだった。

「敵機は正面、三マイル。一〇〇〇ノット？　冗談だろ。上昇していく」小池の声に無念の響きがにじむ。「また、奴の方が優位だ」

　ラインダースはまたしても那須野より有利なポジションを占めた。

　一太刀浴びせる間に三太刀は食らった。同じファントムを駆っているとは思えなかった。速度も向こうの方がはるかに上だ。たしかに空に上がったクレイジー・ハンスと互角に渡りあえるパイロットは多くないが、那須野はラインダースのファントムが改造されているのではないか、と疑った。

「来るぜ、那須野。三波目だ。よくすんなりと攻撃態勢が整うもんだな」小池は感心して呟《つぶや》いた。

「どうするんだ、小池」那須野は苛立《いらだ》ちながらいった。

「考えている。これでも頭は回転しているんだ」

「それほど時間はないぜ、相棒。頭の回転が速いだけがお前の取り柄だ」

「バカにするなよ」小池、ニコリともしない。「バレル降下だな」

「了解」

　那須野は答えざま、操縦桿を突き、わずかに倒した。樽の周りをなでるように旋回しながら降下する。徐々に低空に追い詰められることになるのは明らかだった。

　まずいな——那須野は旋回を続けながら腹の底が焦がされるような思いを味わっていた。

「うまくない」小池がぼそりといった。

高度一万を割った。あっという間の出来事のように感じられる。実際、戦闘開始から一分とたっていない。ふいに小池が怒鳴る。

「操縦桿引け、機首上げ。アフタ・バーナ、ゾーン5。操縦桿は右へ払ったまま」

那須野はポカンとした。

「早くしろ」小池が焦《じ》れたように声を荒らげた。

那須野は弾かれたように操縦桿を引き、右へ倒した。アフタ・バーナを全開にして急上昇をかける。ファントムはラセン状に旋回しながら上昇した。

「燃料？」那須野が訊いた。

「九・六。それより後部警戒レーダー装置に気をつけろ。奴《やっこ》さん、また来るぜ」

小池にいわれるまでもない。レーダー警報が鳴りっ放しだった。

ラセン上昇しながらジンキング。ハーネスでしっかりと固定されているはずの身体が計器盤やキャノピーにガンガンぶちあたる。腕、足、肩に青やむらさきのアザがたっぷりできているはずだ。

那須野はようやく小池の考えを理解した。ハイG上昇横転。敵機が自機の後方一〇〇フィート近くにまで食らいついてきた時にパイロットにできることは少ない。ハイG横転はそのうちの一つだ。エンジン推力が機動に追いつけず、結果として機が完全失速、操縦不能に陥ることがある。最悪の場合はベイルアウトしなければならない状態に追い込まれる。だが、追尾している敵機も同様の機動を余儀なくされ、照準し続けるのが難しくなる。目標機と速度を合わせ、ぐるぐるとラセン状の飛行を続けながら、しかも上昇する。後ろから追いかけている方が負担が大きい。一瞬でも気を抜けば、勢いあまって目標機の前へ飛び出してしまうからだ。

クソッ――機体がGでいためつけられギシギシと悲鳴を上げるのを聞きながら、那須野は腹の底で毒づいた。へその下に力をこめ、歯を食いしばった。震える唇からかすかに息が漏れる。

「そのまま、そのまま」小池が身を乗り出すようにして後方を見ながらマスクの中に怒鳴った。「さあ、いよいよだ。操縦桿を引いて、アフタ・バーナ、そのまま。機首反転、奴もスピードがにぶってきたぜ。ここだ、これだ」

小池はきつい旋回のために声帯を締め上げられ、風邪をひいたドナルドダックのようにわめいた。

「奴がふらつく瞬間を逃したら、オレたちに勝ち目はない。そのまま目一杯、操縦桿を引けよ、運転手」

「わかってる」那須野はそう答えるのがやっとだった。

大ループの頂点で那須野機は小刻みに揺れながら、腹を見せて反転した。そのままの姿勢でさらに小さく、五円玉の穴をなでるように旋回する。

「ＯＫ、ＯＫ」小池の声が苦しそうに絶え絶えになる。

Ｇメーターの指針が『７』を超えた。

宙返りの頂点、下方をむいた風防の中で那須野は眼を上げた。キャノピーフレームのすぐ横にラインダース機が見えた。那須野機に続いて上昇し、急旋回を切らされ、あえいでいる。翼端に水蒸気が帯を引いている。

Ｇスーツがますます那須野の身体を締め上げた。細くなった血管の中を重力にたえきれずに血が流れて落ちていく。瞼《まぶた》が重い。頬がタレ下がる。小便がしたくなった。こめかみのあたりが脈動し、視野が狭まり、暗くなる。

グレー・アウト。

血液不足の脳が悲鳴を上げているのだ。計器盤を見る余裕はない。目を落とした瞬間にラインダースは勝負を決めるだろう。那須野は今、勘だけを頼りに飛んでいた。眼は開いているだけ。

ヘルメットに小池の唸《うな》り声。気を失うまいとしているのだ。

〝ジーザス・クライスト！〟

罵る声がヘルメットに聞こえた。ラインダースが那須野機を照準できないことに苛立ち、怒鳴ったのだ。

勝った——那須野はさらにきつく機体を旋回させた。ラインダース機がよろめくように旋回を解いて、直線飛行に移ろうとした。ラインダース機がゆっくりとガンサイトの中に浮かび上がる。レーダーが捕捉し、バルカン砲の短射程空対空モードに合わせた火器管制システムがロック・オンする。

ヘルメットにオーラルトーン。

那須野は操縦桿についたトリッガーを一段引いた。カメラが作動した。小池の唸りが溜め息に変わる。だが、ヘルメットには、まだ低い唸り声が充満している。那須野はその時になってはじめて自分も苦しげに呻いていたことに気がついた。

ラインダース機が大きく揺れた。ラインダースにしては珍しいことだ。急激な機動で翼面の大気が剝離し、揚力を失う。完全失速。相手が墜落するのがはっきりとわかる瞬間だった。

〝メイデイ、メイデイ、操縦不能〟ラインダースの声は切迫していた。

米空軍のファントムは急降下しながら横転を続けた。一転、二転する。那須野はアフタ・バーナをカットし、すぐにラインダース機を追尾した。

ラインダースはヴェテランファイターらしく、あらゆる手練手管で暴れるファントムを抑え込もうとした。

操縦桿を払い、フットバアを踏み込み、機体後尾に収められている制動用の落下傘を開く。ファントムの機首が上へ持ち上げられ、ほんのわずかな一瞬、機体が安定した。そのチャンスを逃さず、二つの風防がはね飛んだ。

オレンジ色の炎を噴射する射出座席によって、まず後部座席員が脱出する。続いてラインダースが機外に飛び出した。那須野は二つの白いパラシュートが開くのを確認した。一方、無人のファントムは再びくるくるとスピンをはじめ、十数秒後には海に落ちて、砕け散った。

午後二時七分。那須野が編隊を離脱してから三分五秒が経過していた。那須野は救援のためのヘリコプターが到着するまでラインダースがプカプカと浮かんでいる洋上で旋回待機した。

眼を凝らす。ラインダースが腕を上げている。中指を突き立てていた。

那須野は酸素マスクの中で会心の笑みを浮かべた。

7

一九八八年十一月二十八日、『狼《おおかみ》の巣』。

亜紀は空になったロックグラスに氷を足し、ウィスキーを注いだ。グラスの底を白いタオル地の布で拭くと、カウンターに両肘をつきスツールにだらしない恰好《かっこう》で座っている那須野の前に置いた。

すでに店に来て一時間半。那須野は米軍との共同訓練について、ぽつりぽつりと亜紀に話していた。

「ラインダースさんに勝ったんでしょう?」亜紀が訊《き》いた。

那須野は浮かない顔でうなずき、目の前の小皿からピーナッツを一つかみとると口の中に放り込んだ。

『狼の巣』は、たびたび夜の街にでかけてしまうオーナーに代わって、亜紀が一人で切り盛りしている。カウンターには亜紀目当ての客が那須野以外に二人。だが、亜紀が那須野ばかり相手にしているので、二人の客は機嫌が悪そうだった。

那須野はくたびれた革ジャンパーにすりきれたジーンズ、ロウカットのバスケットシューズをはいていた。

今日の亜紀はいつもより少し大人っぽく見えた。髪をアップにし、後ろで固く結んでいるせいかも知れないし、黒いスーツを着ているためかも知れない。しかし、普段はつけたことがないブルーのアイシャドウと濡《ぬ》れたように見える口紅を塗っていたことに、那須野はまったく気づかなかった。

「ミサイルとか、機関銃とかで撃たなくても撃墜になるの?」亜紀は小首をかしげて訊いた。

那須野はうなずき、口の中のピーナッツをウィスキーで流し込んだ。

「そうだ。優勢勝ちっていうやつでね。敵機に対して圧倒的な優位から相手が戦うことを放棄して脱出した場合も撃墜とされ、キル・マークが付く」

「キル・マーク?」

「撃墜した証明に機体に赤い星を描くんだ」那須野は低い声でいった。

だが、航空自衛隊でそれを認めるとは思えない。

本当なら那須野の機体には二つの赤い星がペイントされているはずだったが、実現が難しいことも十分に承知していた。一つ目は空自最高の機密事項であるし、今回の撃墜も単なる事故として処理されるだろう。

那須野はロックグラスを手にすると喉の奥に放り込むように勢いよくあおった。

なぜここに足を運んだのか、那須野は不思議に思った。小池はミッチとデートの約束があるといって課業終了と同時に消えた。ともに飛んだ岡本と縄多は女房の待つ家へと帰っていった。

那須野一人、行く先がなかった。

ラインダースが那須野と飲みたがるとは思えなかった。那須野にしてみれば、一緒に祝杯を上げたいところだったが。

それで結局、話を聞いてくれそうな亜紀のいる店にやってきた。彼女が氷室一佐の娘だからここに来たのかも知れないし、あるいは単に彼女の顔が見たかっただけかも知れない。那須野はそれ以上考えないことにした。年が自分の半分の女に惚《ほ》れるのは危険だ。さんざんに振り回されてポイと捨てられる。泣きを見るのは年寄りの方だ。

だが、ひょっとしたら亜紀だって――那須野は首を振り、自分の思いを断ち切ると酒を飲んだ。午前二時をわずかに回っている。酔いは、透明な網のように脳細胞をしばり上げている。思考は方向舵《ほうこうだ》が故障したファントムのように同じ場所を旋回しているだけだった。

「どうしたの？」亜紀が訊いた。「首なんか振って。まるで張り子の虎ね」

「きついね。張り子の虎か」

那須野の口許に自嘲気味の笑みが浮かび、すぐに消えた。亜紀が心配そうに那須野をのぞきこむ。那須野はどっと汗が噴き出るのを感じた。妙に喉にからんだ声で訊く。咳払《せきばら》いだけはするまいと決心した。

「店は何時に終わる？」

「あら」亜紀の顔が輝いた。「デートのお誘い？」

いたずらっぽく細められた目を見て、那須野は視線を逸《そ》らした。後悔した。

「もう間もなく閉店よ。お客がいれば、何時まででも開いておくのがこの店のモットーなんだけど、今晩はお客もいないし」亜紀がいった。

「おい、それはないぜ、亜紀ちゃん」

カウンターに座っていた額の広い男がいった。その横で目の細い太った男が同調する。那須野はそちらに目をやるとにっこりと微笑《ほほえ》んだ。革ジャンの下で肩の筋肉が盛り上がる。

諦めたように男がいった。

「お愛想してくれる？」

「ありがとうございました」亜紀はその客に伝票を出しながら付け加えた。「いつもひいきにしていただいているので、今日はボトル一本サービスいたします」

その言葉で二人は機嫌を直し、五分ほどで店を出た。

亜紀が手早く後片付けをする。二人が店を出たのは、さらに二十分ほどしてからだった。息が白く見えるほど寒い夜だった。

沖縄の冬はまだ優しい、と那須野は思った。初めてファントムライダーになった千歳《ちとせ》の冬は身体《からだ》の芯を凍りつかせた。砂漠で過ごした寒い夜には心がこごえた。

「で、何のお話がしたいの？」並んで歩いている亜紀が訊いた。

「何の話を聞きたい？」那須野が訊き返した。

「あなたのこと」亜紀がいった。

那須野を見上げる目がまた輝きを増していた。オレにもこんな年齢のころが本当にあったのだろうか？　那須野はいぶかった。

「ジャズの聴ける店を知ってる？」亜紀がふいに訊《たず》ねる。

「一軒だけ」那須野は答えた。

この前バーンズと飲んだ店ではＢＧＭにモダン・ジャズをかけていた。あの夜だけではないはずだ。一夜の気まぐれでかけるにしてはコルトレーンは重苦しい。ジャズを本気で聴きたがる客か、あるいはバーテンがいるはずだった。顔色の悪いバーテンをちらりと思い浮かべた。

「そこへ行きましょう」亜紀は那須野の腕に手を回すと身体を震わせた。

「今夜はホットウィスキーが似合いそうだな」那須野はいった。

「あなたはパイロットでよかったみたい」亜紀はくすりと笑う。詩人だったらとっくに路頭に迷っているわよ、という言葉をのみこんだ。

那須野が怪訝《けげん》そうに眉を上げて彼女を見た。


薄汚れた狭い店内、今夜はコルトレーンのサックスが流れていなかった。

モダン・ジャズ・クァルテット。

「ワン・ノート・サンバね。好きな曲よ」亜紀が呟《つぶや》いた。

那須野には軽い曲だということしかわからない。二時間ほどで入れたばかりのジャック・ダニエルズがほとんど空になった。眠そうな目をして、例のバーテンダーがカウンターの内側に立っている。客は那須野と亜紀の二人だけになっていた。

亜紀と那須野は同じ量を飲んだ。那須野は顔を赤く、テラテラと光らせ、額に汗を浮かべていたが、亜紀は飲む前と同じ顔をしている。

那須野はちらりと亜紀を見た。グラスに視線を落とした亜紀の横顔が優しい。その日で何を見ているのか、那須野は知りたくなった。

「あなた、恋愛をしたことがある?」亜紀がふいに訊いた。

イエス、ノーで答えるのは、間が抜けているような気がした。那須野は煙草《たばこ》をくわえた。オイルライターのやすりを鳴らす。

火が点《つ》いた。

亜紀と視線が合った。

大きな瞳が真《ま》っ直《す》ぐ見返している。亜紀はにやりと笑い、ウィンクして見せた。

「ないのね」

那須野は激しくむせた。

「第三〇二飛行隊、那須野治朗三等空佐はたった今、撃墜されました」亜紀がまた微笑んだ。

笑顔がいい、と那須野は素直に思った。小さな手。酔っぱらった小さな手がいとしい。どうかしているぜと那須野は自分にいい聞かせた。

彼女はオレの半分の年齢で、オレは分別ざかりの国家公務員で、生と死の狭間《はざま》を飛ぶことが生き甲斐《がい》で、彼女が笑ったようにここ数年恋愛とも関わりがなくて、一人暮らしが性に合っていて――クソッ、どうでもいい――那須野は首をうなだれた。

亜紀に恋をしている自分に驚いた。

バーテンダーが大アクビをすれば、それはもう閉店の合図だ。那須野は亜紀の肩を叩《たた》くと立ち上がった。

「出よう、お開きの時間だ」

「ありがとう」亜紀はバーテンダーに礼をいって立った。

那須野は一万円札と五千円札を一枚ずつ置いた。那須野はそれほど大柄な方ではない。一七四センチ、七〇キロ。筋肉質。ただ、小学校に上がる前からはじめた剣道で鍛えた身体に無駄な肉はない。

ドアを開けて外に出た。冷たい風がほてった頬に心地好《ここちよ》かった。暗い路地にバー、スナック、クラブと書かれた看板が並んでいる。どれも判で押したように木製の頑丈なドアを閉ざしていた。夜が終わろうとしている。

「帰るの？」亜紀が那須野の右腕に手をまわし、そっともたれかかるようにして歩いた。

「どこへ？」那須野は少女のようにわずかだがやわらかいふくらみを、快く腕に感じながらぼんやりと訊き返した。「千歳へか？」

「どこ？」亜紀が訊いた。

「チ・ト・セだ。オレが最初にファントムのパイロットになったところさ」

「生まれたのも、千歳なの？」

「生まれたのは北海道だが、千歳ではない」

「自分が生まれた街を覚えている？」

「ああ」那須野がうなずいた。「その街で生まれて、航空自衛隊の訓練学校に入るまではそこで育った」

「帰りたい？」亜紀が身体を硬くした。

那須野はちょっと驚いて亜紀の顔を見た。さっきまで飲んでいたウィスキーが急にまわってきたのだろうか。

「その土より生まれ出《い》でし者、その土へ帰れ。その川より生まれ出でし者、その川へ帰れ」

亜紀は何もいわず那須野の顔を見上げていた。目で問いかけている。

「物語には始まりと終わりがある。そして、その二点はいつか一致する。それが最後の瞬間だ」那須野は照れ笑いを浮かべた。

亜紀を相手に何を喋《しゃべ》っているのだろう。だが、彼女の目に見つめられていると自然と言葉が口をついて出てきた。

「オレは時々思うことがある。生まれてから死ぬまで大きな環《わ》の上を時間をかけて旋回しているだけじゃないだろうかってね」

「どうして？」亜紀の声は震えていた。風が骨にしみる。

「聞きたいかい？」那須野の声も震えていた。

亜紀はうなずいた。

「時間のかかる話ならどこか暖かいところへ行ってから、の話だけど」

「いいタイミングだ。ここから歩いて三分ほどのところにオレのアパートがある」

「口説いているつもり？」亜紀はニヤッと笑った。「歩くのはいや。走るのならＯＫよ」

亜紀は腕をふりほどくと急に駆け出した。那須野があわてて追いかける。

夜がすっかり明けた。

部屋の中にはエアコンの暖気が満ちている。那須野の部屋の半ばこわれかけたシングルベッドの上で二人はシーツを被《かぶ》って天井を見ていた。亜紀は那須野の胸に顎をのせ、右肩から胸へ広がる白いケロイドをながめていた。イスラエル上空で、燃えるファントムから脱出する時、溶けたプラスチックが那須野の上半身を覆った。その時の傷だった。

「火傷《やけど》の跡だ」那須野は天井を見上げたまま、抑揚のない声でいった。

「どうしたの？」亜紀が髪の毛で那須野の喉をくすぐりながら訊いた。

那須野はベッドサイドのテーブルに手を伸ばし、煙草を取った。パッケージは空だった。

「ねえ、どうして火傷なんかしたの？」亜紀はもう一度繰り返した。

「青い空が溶けた時の記念さ」那須野は何の感情も交えずに呟いた。まるでひとり言のように。

亜紀はふいに起き上がって那須野の顔を見下ろした。朝の光の中で小さな乳房があらわになる。優しげな線だった。

「どういう意味？」

那須野はゆっくりと話しはじめた。子供のころからパイロットになりたかった。多分、親父《おやじ》の影響だ、と。

那須野の父親は、予科練の生き残りだった。二年間の基礎訓練と厳しい実習の後いよいよ前線に配属される日が昭和二十年八月十五日とされていた。しかしその日、戦争は終わった。結局、幼いころからひたすら空を見上げてきた父親は、自分の手で戦闘機の操縦桿《そうじゅうかん》を握ることはなかった。

父親が手を伸ばして届かなかった空に、那須野は舞い上がろうとしたのだった。

航空学校では、講義でも体育でも常に同期のトップだった。飛行課程に入ってから、那須野のそばに近寄る者はなかった。教官たちでさえ、那須野の操縦する飛行機を恐れた。卒業までに那須野がバックを取った相手機は百機を超えたが、那須野を照準器に捉えた教官はいなかった。

最初の配属は三沢《みさわ》基地だったが、すぐにファントムへの機種転換訓練を受け、千歳に勤務することになった。だが、どちらの基地でも那須野の胸の奥にくすぶる不満は消えなかった。

航空自衛隊には、実戦がない。

那須野は生命を賭けた空中戦を求めた。米軍への研修は、数少ないチャンスだった。本来なら新型戦闘機を導入する際に慣熟訓練を受ける時くらいしか派遣されることがない。そのために日米共同で電子機器を開発するプロジェクトの一員に潜り込み、うまく米軍派遣団員となることができた。

再びチャンスが訪れた。その派遣中に中東紛争が激しさを増したのだ。

電子機器開発プロジェクトの一員という肩書が威力を発揮し、イスラエルに派遣される軍事顧問団に選出された。そして、那須野は実戦に臨み、ついに敵機を撃墜したのだ。だが、逆にミサイルを食らって、自分も撃墜されてしまい、燃える戦闘機に閉じ込められそうになった——。


一九七三年十月、イスラエル。ハイファ基地上空。

呼びかける声がする。それも耳元で。眼《め》を開くのが怖かった。

身体が熱い。痛みはまだ赤い霞《かすみ》の向こう側にある。意識が戻れば、すべてが一度に襲いかかってくるのはわかっていた。

「ナスノ。目を覚ませ」

今度ははっきりと声が聞こえた。後席に乗っているバーンズが切羽詰まった叫び声を上げていた。

「どうした?」那須野はまだぼんやりしていた。

「しっかりしろ、何とか機のコントロールを取り戻せ」バーンズが叫んだ。

那須野は右手に握ったままになっている操縦桿を見た。それから計器パネルに眼をやって息をのんだ。

風防を割って飛び込んだミサイル破片が計器パネルを滅茶苦茶《めちゃくちゃ》に破壊していた。レーダースコープは真っ二つになり、時折、火花を飛ばす。姿勢指示器、高度計、速度計はいずれも透明なカバーが割れて指針は折れ曲がっていた。

唯一、生き残っている計器は非常事態を告げるランプだけだった。そして、計器に頼らずにわかるたった一つのことが、非常事態に陥っていることだった。

右舷のエンジンは停止している。左舷エンジンの警報ランプも点滅しはじめていた。油圧が極端に落ちているらしい。

那須野は右脚に鋭い痛みを感じて、さらに視線を落とした。フライトスーツは血に染まり、重くたれ下がっている。ラダーペダルにのせてある右足を引き抜こうとした途端、激痛が走った。だが、痛みのお蔭《かげ》で頭の中に充満していた靄《もや》がわずかに晴れ、頭がはっきりした。

後方から迫ったミグの放ったミサイルは、那須野のファントムを直撃しなかった。が、たった一五フィート下方で近接信管が作動、無数の破片で那須野機をずたずたに引き裂いたのだった。

ふいに機体が横倒しになる。

那須野は心臓が口から飛び出し、転げ回るのではないかと思った。

「補助翼がロックしたぞ」バーンズが叫ぶ。

油圧が低下したことによって、左翼の補助翼が上がったまま、動かなくなったのだ。

ファントムはゆっくりと左翼を沈めて横転し、錐揉《きりも》みに入ろうとしていた。

「高度は？　オレの計器は壊れているんだ、フランキー、高度が読めるか？」

「三〇〇〇フィートだ。あっという間だぞ、ナスノ。コントロールを取り戻せ。せめて機体を水平にしろ」

「わかっているさ。やってるよ」那須野は怒鳴り返した。

操縦桿を両手で握り、右に倒し、右のラダーペダルを踏んだ。再び激痛に襲われ、思わず声が漏れる。

だが、操縦系統は損傷を受けたらしく、ファントムは反応しなかった。

「火だ」バーンズの声が震えている。

飛行機で最高の悪夢が飛んでいる間の火災だった。那須野は素早く左右を見た。右翼だった。胴体下部から噴き出した炎が翼の下面を回っているに違いなかった。ゆっくりと燃え広がっていく。那須野は右翼のエアブレーキを開いて抗力を高め、何とか機をすべらそうとした。だが、エアブレーキは開いたもののほとんど効果がなかった上に、今度はまったく閉じなくなってしまった。

炎は舌を伸ばし、胴体後部へと広がっていく。

「尾翼に燃え移るぞ。尾翼が落ちる」バーンズが喉の奥から叫び声を絞り出す。

那須野は戦慄した。尾翼が落ちれば、錐揉み降下から脱することもできず、機体の安定すら保持できなくなる。

鈍い爆発音。

機体がふいに水平に戻った。右翼の燃料タンクが爆発し、その力が錐揉みの回転方向と反対に働いたのだ。

だが、深手を負った機体がすぐに安定を失うのは明白だった。

「脱出しろ、フランキー。今すぐだ」

那須野がいうが早いかバーンズは後席の風防を火薬で飛ばし、続いて射出座席についているレバーを強く引いた。

機体が揺れる。

那須野はバックミラーを見上げ、後席が無事に射出されたのを確認するとスロットルレバーに置いた左手を前席の風防を飛ばすハンドルに伸ばした。操縦桿をそっとつかみ、機体を安定させたまま、風防のリリースハンドルを強く引いた。

何も起こらなかった。

再び爆発音。ファントムが不気味に震動し、断末魔の叫びを上げる。那須野は何度も風防のハンドルを引いた。機体が歪《ゆが》み、風防の枠が食い込んでしまったのか、操作系統がいかれてしまったのか、わからなかった。

炎が後席を覆い、前席周辺に広がってきた。

那須野は操縦席から頭上を見上げた。オレンジ色の炎が風防にかぶさるのが見えた。ポリカーボネートの透明なキャノピーが熱に耐えきれず、黒ずみ、泡を吹き、溶ける。身体が凍りついたように動かなかった。

変形するキャノピー越しに空が歪むのが見えた。

首を振る。

数十分の一秒も無駄にできない。風防を飛ばすことができない以上、座席のてっぺんに取り付けてあるカッターがキャノピーを切り裂いてくれることを期待して、飛び出すしかなかった。那須野は射出座席の背に真っ直ぐに身体を押し付けると緊急脱出用のレバーを引いた。

座席のロケットモーターが点火し、溶けかかった硬質プラスチックを突き破ってパイロットを機外へ放り出す。同時に那須野は気を失った。高度は五〇〇フィートもなかった。那須野の身体は、空中で座席と切り離される時には燃えるプラスチックを浴びて炎に包まれていた。

パラシュートが開いた衝撃で、那須野は再び意識を取り戻した。

全身から立ちのぼる炎がパラシュートの紐《ひも》に燃え移ろうとしている。那須野は恐怖に駆られて叫び声を上げげた。熱でコードが溶けかかる。降下しながら、身体が揺れる。紐が燃えつき、一本、二本と切れる。再び身体が安定を失う。

パラシュートがしぼみ、那須野は地上まで一二フィートあまりを残して落下した。硬い砂漠の地面に叩きつけられた衝撃で、今度こそ深い闇の中へと落ちていった。

二度と眼を開けられないかも知れない——。

恐怖が再び那須野の腹の底からわき上がってきたが、もはや悲鳴を上げることもできなかった。


部屋の中には、亜紀の髪の匂いが満ちていて、信じられないほど快かった。那須野は自分のベッドの寝心地をこの日の朝ほど素晴らしいと思ったことはなかった。

「怪我《けが》はどうだったの？」亜紀が訊いた。

「背中にひどい火傷を負っていた。それから右足首と大腿骨《だいたいこつ》、肩の骨、左腕を骨折していたらしいが、覚えていないんだ。怪我をしたことはほとんど覚えていない。ただ——」

那須野は言葉を切った。

「どうしたの？　何があったの？」亜紀の眼差《まなざ》しが食い入るようだった。

「オレが病院で目を覚ました時、ベッドの脇にラインダースという男がいた。奴《やつ》が訊いたんだ」

「何て？」

「はじめて人を殺した気分はどうだいって」

那須野は溜《た》め息《いき》をついた。

「オレが酒を飲めるようになったのもその時からさ。それまではほとんどダメだったのに不思議だな。ただ眠りたかったんだ」

那須野は口を閉ざした。天井を見上げる。胸のうちに鋭い痛みをともなう傷がある。長い年月を経て、傷口はかさぶたに覆われていた。だが、今でも、その下の傷は生々しく痛みを発する。

酒で何かを麻痺《まひ》させようとしたのだ、と後年になって那須野は思った。

戦闘機乗りになろう、本物の刃をもった戦闘機乗りになろうと努力してきた。だが、所詮は人殺しの道具だとされた時、那須野には迷いが生じた。

誰かを殺したいと思ったことがなかったからだ。

だが、乾坤一擲《けんこんいってき》、生と死を賭けて旋回を切った時に自分の活路を閉ざそうとする者があれば、躊躇《ためら》いなく撃つ。生き延びるチャンスがあれば、本能的に操縦桿を倒し、ファントムを飛ばす。それも己であることにも、那須野は気づいた。

人を殺すことを忌避して、自分のありようを否定することはできない。ただ、それだけのことに気づくのに長い時間が必要だった。

「怖かった？」亜紀がぽつりと訊いた。

那須野は亜紀の顔をじっと見た。時が止まった。恐怖の瞬間が脳裏にフラッシュバックする。燃えるコクピット、脱出レバーを引く手、ひっくり返る天と地。那須野はうなずいた。

「怖かったよ」

「死ぬことが怖いのは誰でも同じ」亜紀の声は、那須野が今まで耳にしたことがないほど優しかった。「あなただけじゃないわ」

「ありがとう」那須野が答えた。

亜紀はそっと手を伸ばし、那須野の髪をすきあげた。短い髪に指が通り、すっと抜けていく。にっこり笑う。

「お礼をいわれるなんて思わなかった」

「そうだな」那須野の頬がゆるんだ。「戦闘機乗りが教わるのは、敵機を撃墜することだけでね。死ぬのが怖いってのは、どの教官も教えてくれなかったな。そんなことを教えれば、きっと後ろ向きで飛ぶパイロットがあらわれるとでも思っていたんじゃないか」

亜紀はおかしそうに低く笑った。目が温かい光をたたえる。忍び笑い。那須野の心臓が不規則に鼓動した。亜紀が二、三度まばたきして、那須野を見下ろす。亜紀は一体何を見ているのだろう？　那須野は亜紀の黒目がちの瞳をまともに見上げながら思った。

「そのうちに」那須野の声は不自然に嗄《しやが》れている。「ラインダースの言葉が気にならなくなるまでに、三年かかったかな。それだけ時間をかけて、人を殺したという思いを消した。それでようやく撃墜した相手の家族の夢を見ることもなくなった」

「どうして？」

亜紀が訊きながら小さな手で那須野の額を撫《な》でる。柔らかな感触と、てのひらの温《ぬく》みが心地好い。

「共に戦闘機乗りだからな。オレに撃墜されたシリア軍パイロットがミサイルでふっ飛ばされる寸前まで何を考えていたか、よくわかったんだ」

西と東の差があるにせよ、彼我の戦闘機のコクピットに並ぶ計器は、基本的に同じものだ。照準器に相手を捉えるために、限界まで飛行する。旋回。太陽の中から襲いかかり、相手の不意を衝《つ》く。どんな汚い手でも平気で使った。

いかに相手の裏をかくか。

頭の中にあるのは、より早く銃弾を敵機のコクピットに叩き込むことだけだった。戦闘機乗りの世界で空中に浮かんでいるのは、たった二つでしかない。

自機と標的。

シリア軍パイロットも那須野のファントムに弾丸を撃ち込むことだけを考えていたはずだった。空戦の間、それ以外は考えない。わずかでも気を逸らせば、銃弾は簡単に機体を引き裂き、パイロットの息の根を止めるだろう。

パイロットが毎日の訓練で狙う標的の大きさは、戦闘機のコクピットとほぼ同じだ。たった一発の機銃弾でも敵機を駆るパイロットに命中すれば必ず落ちる。もっとも効果的な撃墜法だ。高価なミサイルで相手の飛行機をバラバラにする必要などないのだ。

「仮に相手がオレを落としたとしたら、オレと同じように悩んだりするだろうかと考えてみた」那須野は天井に向かって、ひとり言のように呟いた。「しないよ。絶対にしない。そう考えたら、楽になった」

「まだ誰かを撃ちたいの？」亜紀が訊いた。

亜紀の言葉は那須野の胸の真ん中を貫いた。

「わからない。少なくとも昨日までのオレは誰も撃ちたくなかった。だが、今はわからない」

嘘《うそ》だった。

那須野は今日、自分の中でジーク・ザ・キラーと呼ばれていた男が立ち上がるのを感じていた。誰かを撃つことを渇望している、暗い眼をした男が——。

「何が違うの？　昨日のあなたと今日のあなたはどこが違うの？」

「撃墜マークが二つになった。五つになればエースだ」

「撃墜マークがそんなに大事なことなの？」亜紀が顔を上向かせて訊いた。

那須野は目の前の真摯《しんし》な光をたたえる黒い瞳を見つめた。

「大事なことだと思う。それがオレの生きてきた証《あかし》なんだ」

「違うわ。きっと違うと思う。そんなことが生きてきた証だなんて、ちょっとおかしいわよ。マークが一つ。マークが二つ。それであなたの価値が変わるものじゃないでしょう」

「変わる。それは那須野治朗という男が生きたという爪跡なんだ。オレに残すことができる、唯一の爪跡なんだ」

那須野の眼は哀《かな》しそうにさえ見える、と亜紀は思った。

「子供みたいね」亜紀はわざといった。大きな瞳に大粒の涙が盛り上がる。

那須野は口を閉ざした。

「そのマークは人を殺したことの刻印なんでしょう。誰かを殺してでも手にいれなければならないものなの？」

「それは、結果論さ。次に死ぬのは、オレの方かも知れない」

死が身近にある、あの瞬間こそ自分の生に直接触れているような気がする——那須野は口に出さなかった。うまく言葉になるとは思えなかったし、亜紀は理解してくれそうもない。

胸の中にはあの時と同じ、ミドル・イーストの熱い風が吹いていた。

8

航空自衛隊那覇基地、警戒待機所《アラートパッド》。

滑走路の横に二棟の格納庫が建てられ、その間に鉄筋コンクリート平家建ての警戒待機所がある。格納庫にはそれぞれ、二発のミサイルと六百八十発の機関砲弾で武装したF－4EJファントムが二機ずつ、合計四機が納まっていた。どちらの機も燃料を満載し、最低限度の安全措置を施した状態で、いつでも飛び立てる。

領空侵犯の恐れがある航空機が日本の防空ラインを突破しそうになった時、あるいは所属のまったく不明な航空機が日本領空を飛行している時、全国二十八カ所に設けられたレーダーサイトが発見、最寄りの航空自衛隊基地に緊急発進を要請する。要請を受けた航空自衛隊はただちに武装した戦闘機を発進させる。これがホットスクランブルだった。

二棟の格納庫に納められたファントムは、それぞれ五分で離陸する五分待機組と一時間以内に離陸する一時間待機組に分かれて待機している。

警戒待機所は大きく二つに分かれており、滑走路に近い方の五〇平方メートルほどの広さがある部屋にパイロットが詰めていた。ファントムが二人乗りの戦闘機であるところから、待機室には八名が常時控えることになっていた。

滑走路に面した大きな窓を背にして二九インチサイズのテレビ、録画した映画を見るためのビデオデッキが並んでいた。入り口近くには、ディスパッチャーの席があり、全国の航空自衛隊基地の気象情報を書き込んだホワイトボードが掛かっていた。時折、パーソナルコンピューターに連結したプリンターが音をたてて、那覇基地周辺の最新気象情報を打ち込んだ用紙を吐き出した。

ディスパッチャーの机の上にある専用回線電話が鳴ると、ホットスクランブルが開始される。

テレビの前、八脚並べられた大きな安楽椅子に座って古い映画をビデオで見ているパイロットが二人。同じく二人が壁際に置かれた長椅子に横になって、雑誌を読んでいた。長椅子の横にガラスのケースが置かれ、その中には日本近海上を飛行するソ連の戦闘機、偵察機、輸送機の模型がずらりと並んでいた。いずれも同じ縮尺になっており、やはり同じ縮尺で作られた航空自衛隊のファントムも混じっている。空中で見た場合の大きさを知るためだった。

ディスパッチャーの机の前には、正方形の小さなテーブルが置かれ、四人のパイロット——那須野、小池、縄多、岡本がブラックジャックに興じていた。

那須野は自分の前に置かれた一枚目のカード〈ハートのクィーン〉の上に、小池が二枚目を重ねて置くのを見ていた。手を伸ばし、配られたカードをめくる。〈クラブの8〉だった。

縄多は手札を見てもポーカーフェイスを崩さないが、髭《ひげ》が動いてしまう。縄多の髭が動く時は、かなりの好手ができた時だ。

岡本は情けなさそうな顔で、カードを見ていた。好手が来ても、その反対でもいつでも情けなさそうに眉を寄せているので、表情から手の内を読むのが難しく、縄多より厄介だった。

だが、那須野の敵は小池だった。

今日の小池は驚くほどついている。すでに待機室に入って二時間。ブラックジャックで勝負を続けているが、小池が圧倒的にチップを稼いでいる。四人とも三十枚ずつのチップを手にしてテーブルに着いたが、那須野の手元には一枚、縄多の手元に三枚、岡本が少し多くて七枚残っているだけだった。

一ゲームをする度に場所代としてチップを一枚、テーブルの上に出すのが決まりになっていた。

那須野が今の手で、勝負をかけてもかけなくても、負けとなれば、最後の一枚のチップを持っていかれるので、自動的にゲームから弾《はじ》き出されることになる。

く手にする。

「もう一枚」那須野がいった。

小池は自分の前に二枚目のカードを置くと那須野の前に一枚滑らせた。那須野が素早

〈ハートの2〉。

ブラックジャックは、二枚あるいは三枚のカードの合計値を二十一にいかに近づけるかを競うゲームである。絵札はジャック、クィーン、キングの区別なく十とカウントされ、エースだけが一か十一のいずれかを選択できるようになっていた。

〈ハートのクィーン〉〈クラブの8〉〈ハートの2〉――那須野の手は、合計二十。今日の手としては、最高だった。

那須野は口を閉ざしたまま、最後のチップをテーブルの上に転がした。

縄多はしばらく考え込んでいたが、やがて下りると宣言してカードを伏せた。三人のパイロットの視線が岡本に集中する。

岡本はテーブルを囲む面々を見渡したが、やがてカードを伏せ、首を振った。

「私は結構です」岡本は手元のチップを前に出した。

小池は躊躇《ためら》うことなく、三枚目のカードを自分の前に置いた。無造作にチップを出す。

親は勝負を下りることができない。

「オープン」小池がいった。

那須野が手を開いた。次いで岡本。岡本の手は、合計十九になる。那須野の勝ちだった。小池が一枚目のカードをめくった。〈ダイヤのキング〉。二枚目をめくる。〈クラブのジャック〉。そして三枚目に手をかけた。

那須野がにやりと笑った。

小池は無造作にラストカードを引っ繰り返した。

〈スペードのエース〉。

小池が那須野の視線を捉えて、にやりと笑い返した。

那須野はすべてのチップを失った。チップ一枚が五百円。警戒待機についてからすでに一夜の飲《の》み代《しろ》分負けたことになる。レートを下げようとは、誰もいわなかった。戦闘機乗りは、勝つことのみを信じ、負けることを考えない。

ゲームでも演習でも、それは同じだった。

「勝負の世界は非情なものですな」縄多がにやにやしながら感想を述べ、自分のカードを引っ繰り返した。絵札が二枚だった。

小池がカードを集めた。

那須野はちらりと部屋の入り口の上に取り付けてある大きなベルを見る。沈黙。その下にあるランプは『ＳＴＢＹ』――スタンバイが点灯しているだけだった。

スタンバイランプの下にある『ＳＣ』――スクランブルのランプが灯《とも》り、待機室のべルが鳴れば彼らはカードを放り出して飛び出す。戦闘機のコクピットによじ登って、クイックチェックを済ませ、地を蹴るまで、最短五分。これに備えるのが、五分待機任務だった。

駆け出すパイロット、あわただしく武器の安全ピンを抜く整備員、サングラスをかけた地上誘導員が怒鳴り、その声がジェットエンジンの排気音にかき消される。その様子がスクランブルドエッグをかきまぜる時の手つきに似ているのが、ホットスクランブルの由来だった。

十二月九日。壁の時計は午前十時を少し回ったところだった。

電話のベル。

パイロット全員が身体《からだ》を強張《こわば》らせる。気象情報を伝えるパーソナルコンピューターのプリンターが立てる音にも身構えるほどの緊張。パイロットは、その緊張下で六時間の待機任務に就いている。

キャスターのついた回転椅子を転がして、電話に近づいた小池が受話器を取り上げた。警戒待機室であることを告げる。最初は日本語でいいかけ、すぐに英語に切り換えた。

「那須野、お前あて」受話器を持った小池が振り向いた。

「誰だ?」那須野が訊《き》いた。

「英語で喋《しゃべ》っている。ひでえダミ声だ」小池がいった。

那須野は受話器を受け取って、応えた。

「ハロー？」

「オレだ」ガラガラ声がいった。

訊き返すまでもなかった。ラインダースの声は一度聞くと忘れられない。

「ジーク、お前が五分待機についているのを知って心強いよ」

「何だ、何か用か？」

那須野は腹筋が強張るのを感じた。身に着けたGスーツにちらりと眼《め》を落とす。五分待機のパイロットは、Gスーツを着けたまま待機する決まりになっていた。

誰が五分待機に就いているか、隊内の関係者でも知っている者は少ない。

「まあ、そうつんけんするなよ。お前に訊いておきたいことがあったんで電話したまでのことなんだ」受話器から紙を広げる時のガサガサいう音が聞こえ、ラインダースは続けた。「航空自衛隊のマニュアルを手に入れた」

「何といった？」

那須野はそういいながらラインダースが手に入れたマニュアルが第何種なのだろうと考えた。

「マニュアルだ。航空自衛隊員が空中でアンノウンに接触した時の対応の方法を文書化したものだよ」ラインダースは那須野が沈黙したので喉の奥で笑った。「とんがるなよ。

機密事項というのは下からは絶対漏れないが、上からは入ってくる仕組みになっているんだから」

ライングースが読んでいるところから、英文マニュアルに違いなかった。元々、米空軍を手本に体制を組んできた航空自衛隊だが、一将校の手にマニュアルが渡るほど機密保全がルーズなことに、那須野は腹立たしさをおぼえた。

「いいか、ここに『敵機を目視した後も周囲二〇〇〇フィート以内に接近してはならない』と書いてある。この条項は冗談ではないのか？」

「ああ」那須野は腹筋が強張るのを感じていった。「冗談ではない。我々はその範囲内に近づかない」

ラインダースは大げさに鼻を鳴らした。

「次に『相手が発砲するまで決して攻撃してはならない』というのも冗談ではないのか？」

「冗談ではない。最初は相手が手を出すんだ。オレたちはそれを待つ」

ラインダースが大げさにうめいた。

「いい加減にしろ」那須野は怒鳴った。「オレたちは、そのルールの中で飛ぶんだ。お前にどうこう言われる筋合いはない」

「今日は六機飛ぶ、そうだな？」ラインダースの声はまったく動じる気配もない。

　那須野は待機室に座る七人のパイロットの顔をちらりとながめた。ラインダースの情報は当たっていた。第三〇二飛行隊の格納庫前に、さらに二機のファントムが用意されており、パイロットも装備を身に着けて待機している。だが、ラインダースに答える義務はない。

「大きなお世話だ」それが那須野の返事だった。

「六機で大丈夫なのか？」ラインダースの声は本当に心配しているようだった。

「運用幹部にいえよ。オレはただの鉄砲玉だ。考えるのは銃を撃つ奴《やつ》の仕事だよ。奴らがその数で飛べといえばオレはそれに従うまでだ」

　嘘《うそ》だった。昨日の午後開かれたブリーフィングで今日の発進機数が決定したが、それは上から一方的に押し付けられたものではなかった。

「スメルジャコフだ、ジーク」ラインダースの声が真剣味を帯びた。「奴を撃墜しろ。奴に食い付いて離れるな。奴がオレたちの秘密を見る前に撃墜しろ」

「それはオレの仕事だ、ハンス。オレはお前に勝った。口出しをするな」

「グッド・ラック、ジーク。本当はそれだけをいいたかったんだ。じゃ、な」

　唐突に電話が切れた。

　まるで別れを告げるような電話だと思った。ラインダース特有の毒がどこにも感じられなかった。那須野は首を振った。誰もが必要以上に神経過敏になっている。

米空軍カデナ基地《ベース》。

バーンズ大佐の執務室で、ラインダースは受話器を置いた。モスグリーンの飛行服を着け、パラシュートに連結するコルセットも装着し終わっていた。目の前のデスクには頭頂部を下にしたヘルメットに手袋がまるめて突っ込んである。駐機場には整備を終えたF－15イーグルがエンジン始動前点検を受けているはずだった。

「これしか方法はないっていうのか？　よりによってジークを使わなければならないなんて」ラインダースは部屋の入り口に背をもたせかけて立っている影にいった。

「これしか方法はない。我々の平和のためさ。お前らしくもない。ここへ来て泣き言とはな」深みのある声だったが、軽蔑をあらわにした口調だった。「時間だ。我々も離陸しよう」

ラインダースは首を振って立ち上がった。せめて那須野に警告をしてやれなかったことが心残りだった。ラインダースにとって、ある意味では那須野治朗は生命を救ってくれた男だ。

その話を那須野にしたことはない。

一九七三年十月八日、イスラエル。

ＣＩＡからもたらされていた情報によって、ラインダースとバーンズは、エジプトとシリアがその日に侵攻してくることを事前に知っていた。アメリカは情報収集能力が露顕するのを嫌って、イスラエルに警告を発しなかった。

もちろん、ともにハイファ基地にいた那須野にも知らされることはなかった。

那須野が飛び出していった時、ラインダースは掃除のいき届いたトイレで、震える両手を見つめていたのだ。

大きな戦争に発展することが確実で、それだけ死ぬ確率も高いといえる。ラインダースは恐怖に打ちひしがれていたのだった。初めての経験。身体がまるでいうことをきかなかった。

結局、八時間以上、暑く狭苦しいトイレの中で震え続けた。

初日を戦い終えて帰投したバーンズに、ラインダースは贖罪《しよくざい》のつもりですべてを話した。バーンズは首をうなだれるラインダースにいった。

「会議に出ていたんだ、ハンス。お前は戦闘の間じゅう、イスラエル高官との会議に出ていたことにしろ」

男にとって体面を保つことが生きながらえる以上の価値を持つことがある。ラインダースは感謝しながら、バーンズの提案を受け入れた。

バーンズが単純に助けたのではないことにラインダースが気づくのに、それほど時間はかからなかった。

ハイファ基地に派遣されている間に二機のファントムを失った件について、空軍上層部による査問が行われた時、ラインダースはバーンズの指示通りに証言することを強要されたのだ。逆らうのは不可能だった。

ラインダースが沈黙を破れば、即《すなわ》ち一九七三年十月八日の行状もすべて露呈することを意味する。

ステルス機の実験チームに、ラインダースがテストパイロットとして配属されるようになったのも、バーンズの子飼いとして、時には生命に危険がおよぶフライトさえも実行させるためだった。

バーンズがオフィスのドアを開いた。ラインダースは、その背に鋭い視線を飛ばしていた。

アメリカがステルス機を飛ばすというのは、航空自衛隊向けに巧妙に仕掛けられた罠《わな》だった。

手のこんだ罠の幕が今開けられようとしている。

ラインダースもゆっくりと立ち上がった。

受話器を置いた那須野はまた椅子に戻り、だらしなく腰を下ろすとテーブルの上の煙草《たばこ》に手を伸ばした。

「何だった？」小池が訊いた。

那須野は首を振り、肩をすくめて見せただけで何もいわなかった。

身体を折り曲げるのが非常に窮屈だった。木綿のトランクスとプレーンのTシャツの上に上下つなぎになった難燃性のポリアミド繊維でつくられたオレンジ色のフライトスーツをつけ、白いソックスをはいた足は重い飛行靴でかためていた。オレンジ色は事故で緊急脱出したパイロットを海の上で発見するのに都合の良い色だそうだ。しかし空中戦では恰好《かっこう》の標的になる。

米軍では海軍も空軍も飛行服はカーキ色と決まっていた。

那須野は火の点《つ》いていない煙草をくわえ、空いている麻雀《マージャン》卓の椅子に腰を下ろした。チップがないので、那須野はゲームには加われない。だが結局、ゲームは再開されなかった。

スクランブル。

〈SC〉と記されたランプが灯り、ベルが鳴った。

ベルが鳴った時から男たちは過去を捨てる。

待機室を飛び出してから三十秒後には那須野、小池ともに機上の人となっていた。走りながらズボンのポケットに突っ込んであったスカルキャップをかぶった那須野は操縦席につくと怒鳴った。

「エンジン、回せ」

ベルの音で同時に飛び出してきた整備隊員が空気と電源を供給するホースを機体下部につなぎ、ファントムのJ79エンジン始動にかかった。

計器パネルが息を吹き返す。那須野は射出座席と自分の身体を結び付けるハーネスの金具を固定しながら、エンジン関係の計器に鋭い視線をあてた。後席では、小池がレーダーの準備をしている。

那須野は風防の枠に引っかけてあったヘルメットを被《かぶ》り、酸素マスクを左手で口許《くちもと》に押し付けた。酸素マスクのホースと通信機用のケーブルを操縦席の右側にあるアタッチメントに接続する。

小池の押し殺したような息づかいが聞こえる。

通電しているファントムの機内通話はいちいちスイッチを押さなくても会話ができるホットマイク式になっている。マスクを流れる相棒の呼吸音が常に耳元にある。戦闘中でも後席の相棒の生死だけは確認できた。

那須野は小池の指示に従って、操縦桿《そうじゅうかん》を倒し、フットバアを踏み込んだ。ちらりと風防の外に目をやる。整備員が両手を開いた。異常なしの合図だった。

二機の獰猛《どうもう》な戦闘機がエンジン出力をあげる。那須野の乗る四二七号機、編隊僚機で縄多が前席、岡本が後席に乗る三六六号機だ。続いて隣の格納庫で二機、さらに滑走路をはさんで反対側に設置されている第三〇二飛行隊の格納庫前で二機のファントムが次々にエンジンをかけることになる。

アラートハンガーの中は、二機のファントムがエンジンを吹かしただけで、鼓膜を破りそうな騒音の地獄となった。那須野の眼はエンジンの出力計に注がれた。

「出力三七パーセント」小池が後部座席から怒鳴る。

那須野は右エンジンの計器にさっと目を通す。エンジン出力計、燃料流量計、排気温度計。次は左だ。

カン高い高圧コンプレッサの騒音の中から聞きなれたファントム用のJ79エンジン特有の力強い雄叫《おたけ》びがあふれ、腹の底を揺さぶっている。那須野はヘルメットに固定されている酸素マスクに手をやり、点検する。それからヘルメットの上部に手を伸ばし、サンバイザーを固定しているネジを緩め、ぐっと下ろすと再びネジを固定した。イヤフォンの中には六機の戦闘機に指令を飛ばす地上管制官の声が機関銃のように弾けている。

〝エンジョイ・フライト1・1〟ついに管制官が那須野を呼んだ。

「ヤー」那須野はマスクの中で短く応答した。

〝スクランブル・オーダー、地上走行を許可する〟

了解の合図にスロットルレバーについている無線機のスイッチを二度鳴らし、ジッパー・コマンドを飛ばした。それから操縦桿とスロットルレバーに置いていた両手を顔の前でくっつけ、両方の握り拳から親指を突き出す。

機体の右前方にいる整備隊員が大きくうなずくと機体の下にもぐりこんでいる連中に手信号を送った。車輪止めを外す。

ファントムの前方視界は恐ろしく制限されていた。まるで機械と機械の隙間から前を覗《のぞ》き見ているような感じだった。これから先は計器パネルの上にもうけられたヘッドアップ・ディスプレイ越しに見える四角い世界がすべてとなるのだ。

まず小池がキャノピーを閉じる。続いて那須野も電動スイッチを入れて、キャノピーを閉じた。電子部品とジュラルミンで出来た恐ろしく高価な棺桶《かんおけ》の蓋が今、閉ざされた。

那須野はスロットルレバーをわずかに前進させた。グレー塗装を施されたＦ－４ＥＪファントム四二七号機はゆっくりとした動作で前へ進みはじめた。今日は昨日と違う。相手を威嚇するためでなく、一戦交えるために離陸するのだ。

南から何が、あるいは誰が飛んでくるかを、離陸するパイロットたちは知っていた。

那須野は滑走路にファントムを引きずり出した。ベルが鳴ってからまだ四分とたっていない。

那須野はチラリとバックミラーに目をやり、編隊僚機である三六六号機を見る。ぴったりと後ろにつけていた。

「行くぜ、リーチ、ポン」

〝了解〟タックネーム〈リーチ〉こと、縄多が間髪を入れずに応えた。

「エンジョイ・フライト、離陸する」

那須野は無線機のスイッチを入れて管制塔に告げると、スロットルレバーをミリタリストップの位置にいれた。さらにアフタ・バーナに点火し、車輪のブレーキを緩める。二機のファントムは同時にアフタ・バーナに点火。雷鳴のようなエンジン音が基地中にこだまする。エンジン推力二万ポンドが瞬時にして三万四〇〇〇ポンドにはね上がり、機体は蹴飛ばされたように加速を開始した。燃料消費率が毎時二万四〇〇〇ポンドから、ほぼ倍近い四万ポンドになることを別とすれば、アフタ・バーナはありがたい装置だった。

対気速度計の針が動く。六秒ほどで四〇ノットを突破した。

滑走開始。

速度計の針は一気に一〇〇ノットを超した。滑走路の標識が急速に接近、後方に消えていく。やがて一本の線となって機体の両側を流れるだけになった。前輪がフワリと浮いた。

機速一四〇ノット。

続いて主翼下の二本の主輪が地面を蹴る。一瞬、尻が沈む。那須野はラダーペダルを真下に踏んで、まだ回転を続けている車輪にブレーキをくれると左手を伸ばしてギアの巻き上げレバーを上げた。機体が軽く震動して、計器盤にともっていた三つのグリーンランプが消え、降着装置がキチンと格納されたことを告げた。

離陸直後の不安定な飛行を続ける。

一八五ノット。

ようやく機体が安定する。那須野は操縦桿を引くとスイッチ類を操作して上昇モードにセットした。排気口からアフタ・バーナのオレンジ色の炎を閃《ひらめ》かせ、二機のファントムはほぼ垂直に近い角度で高度をとった。

午前十時四十七分。高度三〇〇〇フィートまで、文字通りあっという間だった。いぜんファントム編隊は上昇を続ける。エンジン、火器管制システム、オール・グリーン。レーダーにいまだ敵影なし。

那覇基地の管制塔から交信が入る。

〝エンジョイ・フライト1・1〟まず管制官が那須野機をコールした。〝アンノウン一〇一。エンジェル3・6・0。ラジオ・チャネル2・0、アンド・コンタクト・ミヤコ・サイト、オーバー〟

目標機は方位一〇一から高度三万六〇〇〇で接近中ということだ。那須野は管制塔の指示に従って通信機のチャネルを20にセットし、宮古島《みやこじま》のレーダーサイトを呼び出した。

「ミヤコ・サイト？　ディス・イズ・エンジョイ・フライト」那須野は声を吹き込んだ。

エンジョイ・フライト——航空自衛隊の中で第三〇二飛行隊を呼ぶ時のコールサインだが、口にする度に那須野は皮肉な笑みを浮かべた。ファントムの飛行は、楽しむには快適さに欠ける。

〝感明送れ〟宮古が短くいった。

「感度、明度とも良好」那須野が答えた。

那須野は、今日、宮古島のレーダースコープの前に座っている男を知っている。真面目《まじめ》だが、陽気な奴だ。かつて那須野はその男を後席に乗せてフライトしたことがある。ひどい飛行機酔いに悩まされ、空中にいる間じゅう、嘔吐《おうと》し続けていた。現在は、管理職の方が忙しく自分でレーダーを操作することはほとんどないといっていた——。

那須野はふいに宮古を押し包む緊張感を知った。

〝感明良好、確認した。君たち〈エンジョイ編隊〉の機影はレーダースコープに捉えている。以後、誘導する。エンジェル3・0。速度一・六マッハ、方位二三〇で飛行せよ〟

那須野は了解の合図に無線機のスイッチを二度鳴らした。

「レーダーコンタクトは？」那須野が後席の小池に訊いた。

「がっちり捕まえたぜ」小池は那須野に答えると同時に無線機のスイッチを入れ、僚機に同じことを訊いた。「レーダーコンタクトはあるか?」

〝がっちり捕まえましたよ〟

三六六号機の後席に乗る岡本が自分と同じ答えを返してきたので、小池は思わず苦笑いをした。岡本は小池より八歳年下だったが、何でも小池の真似《まね》をする。ただ一つ違っているのは、三十八になる小池がまだ独身なのに岡本は去年の暮れに結婚していることだ。

岡本が続けた。空電の音がヘルメットの中に充満している。

〝真正面にいます。アンノウンは全部で四機。そのうちの三機は針路を北西三三〇に変更しましたが、一機だけはそのまま直進してきます〟

那須野は左に目をやり、縄多の機を見た。

縄多は那須野機の左側、約一〇〇フィートほど離れたところをやや低い位置に占位して飛んでいる。岡本の声はそこから発してきたのではなく、もっと遠くから聞こえてくるようだった。

「どうだ?」那須野がインターコムで訊いた。

「奴のいう通りだ」小池はレーダー波を様々な方向に変えながら、真《ま》っ直《す》ぐに突っ込んでくる一機を捕捉した。

宮古島のレーダーサイトで捕捉されるアンノウンは、ヴェトナム方面から北上、沖縄の東側、九州の南側をかすめて日本海沖へ逃れる、通称〈対馬海峡通過コース〉に乗り、飛び抜けていく。そのコースに乗っている限り、那覇基地をスクランブル発進した自衛隊機はアンノウンの右側から接近することになり、ほとんど相手機を正面から見ることができない。

だが、今日はどうなるのか？　那須野は口の中がカラカラに渇くのを感じた。

「いよいよだな」小池が喉にからむ声でいった。「あの編隊の後ろに送り狼《おおかみ》よろしくスメルジャコフがついている」

「多分な」那須野の声もガラガラだった。

米空軍、Ｆ－15イーグル編隊。

〝予定通り、赤い熊が侵入した〟ヘルメットの中でやや巻き舌口調の管制官がいった。

「了解」バーンズは無線機の周波数を編隊内の通信モードに切り換えた。「予定通りに事は進んでいる」

〝ああ、オレも聞いたよ〟ラインダースの声は無線機を通しても耳障りだった。〝レーダーに映っているのはバジャーが一機だけだ〟

バーンズも自機のレーダースコープでそれを確認し、うなずいた。これも予想通りだった。

スメルジャコフはバスの運転手にはならない。奴も間違いなくそばに来ているはずだ。バーンズは長距離レーダーの映像に目をやりながらじっと考え込んだ。スメルジャコフが来なければ今日の作戦はまるで意味がないことになる。

すべてはこの日のために周到に計画されてきたのだ。

彼の視線はコクピットの中をさまよい、やがてヘッドアップ・ディスプレイの下部に黒いビニールテープで即席に固定されている、ペーパーバックほどの大きさの黒い箱に留まった。新兵器。その機械から出ているブルーのコードは計器盤の右横に消えていた。そのコードの先にあるのは、イーグルのコンピューター。バーンズは静かに息を吐いた。将軍への道が間もなく開ける。そして、この装置が最高の手土産《てみやげ》になるはずだった。

〝間もなく、ジークがソ連機を発見するだろう〟ラインダースがいった。

「OK、下降しよう。あわてることはない。時間はたっぷりとある」バーンズが陽気な声でいった。

ラインダースからは、無線機のスイッチを鳴らす乾いた返事しか返ってこなかったが、バーンズはまったく気にしなかった。

無線機のスイッチを二度鳴らし、ラインダースは天を仰いだ。

ヘルメットとマスクの内側で、汗をいっぱいに浮かべた顔をしかめる。予定通り、予

定通り、予定通り——同じ言葉が何度もリフレインする。

頭の中に、遠い過去の光景があざやかに浮かんだ。

なんて子なの、お前は？　母親の声が脳裏に蘇《よみがえ》る。裏庭で生きた鼠《ねずみ》をバケツの水の中で溺れさせて叱られた時と同じ声だ。

ママ、オレは奴を止めようとしたんだ——小さく呟《つぶや》いてみる。

胸に一つ、岩をのせているような気分だった。

ペテン。罠。ジークがファントムに乗って、巨大な罠に飛び込んでくる。

ポリカーボネートのつややかな風防の内側に、歪曲《わいきよく》された自分の姿が大写しになっている。派手にマーキングされたヘルメット、濃色のサンバイザー、モスグリーンの酸素マスク——まるで昆虫だな、とラインダースは思った。

自分がこれからしようとしていることは、感情も表情もない昆虫にこそ相応《ふさわ》しい。オレは昆虫だ。エンジン出力八〇パーセントでクルージングしているイーグルがグラリと揺れる。だが、ラインダースは天を見上げたまま身じろぎ一つしない。

ジーク、オレは心からお前を止めようとした——ラインダースは、また胸の内で呟いた——あの日、お前がシリア空軍の戦闘機が乱れ飛ぶ空に舞い上がった時、オレは恐怖で身動きできなかった。初めての経験。死にかけている病人のように、身体に力が入らなかった。鍛え上げてきたはずの筋肉は、すべて萎えてしまったようだった。

便器に座り込んで、震える両手を見つめている間、那須野は空を駆け、そしてシリア機をふっ飛ばした。

お前が撃たれたと聞いた時、オレの気分がどんなだったか、わかるか、ジーク？

ラインダースのひとり言が続く。

お前にはわかるまい。撃たれて、火に包まれて、それでも生きて帰ってきた那須野は大怪我《おおけが》をしていた。病院で三日間、那須野が目を覚ますのを待った。

そして、那須野が生き返ったのを知った途端、思わず言葉が漏れた。

はじめて人を殺した気分はどうだい、ナスノ？

本当はおめでとうというつもりだった。だが、そうでもいわなければ、ようやく作りあげたラインダースの仮面があっさりと剝がされてしまう。

お前は、オレの言葉で変わったが、オレは、あの日を境にして死に体になった。

死者を背負うのは重いだろう、ジーク。それでも自分が生きたまま死ぬより、ずっとマシだな。

ラインダースは首をうなだれると、きつく目を閉じた。エンジンは回り続けている。

秒針はコツコツと時を刻んでいる。

何もかもが順調に進んでいた。

9

ファントム四二七号機。

レーダー上だけで見ていた輝点が現実のものとなる。針路を変えないバジャーが刻一刻と日本の領空に接近していた。

宮古島沖、三〇キロ。

日本領空まであと五分のところだった。高度は三万三〇〇〇フィート。自機の速度はマッハ一・五。相手はマッハ〇・七だが、両機の相対速度は音速の二倍を超える。大空の染みのような点が急速に大きくなってきた。

「目標視認」操縦席で那須野が緊張した声でいった。「奴《やつ》だ。二時、上。距離は約三マイル。レーダーに反応ないか?」

「おかしいな」小池が後席で首をかしげる。「輝点は一つだ。今、オレたちが見ているバジャー以外レーダー反応がない」

「そんなはずがあるか」那須野は思わず声を荒らげた。「スメルジャコフの乗った戦闘機が必ず近くにいるはずだ」

「ああ、だが――」小池は言葉尻を濁した。「とにかくバジャーの後ろにつけよう」

那須野は無線機のスイッチを入れて、縄多を呼んだ。

「リーチ、右旋回」

二機のファントムはそろってライトターンし、正対するソ連機の左側方に回り込む。バジャーの銀色の機体が陽光を浴びてキラめいた。二機のファントムはアフタ・バーナの音を轟《とどろ》かせながら接近した。

二〇〇〇フィートまで近づくとバジャーを右に見て、やや上につけた。那須野機の左側には縄多が寄り添うように飛んでいる。はじめてバジャーを見るわけではない。だが、那須野が駆っているファントムの倍近い図体はそばで見ると不気味でさえあった。胴体下部には何本ものアンテナが突き出ていた。

「派手な飛行機だな」小池がバジャーについている情報収集用のアンテナをながめていった。

「そうらしい」那須野もちらりと目をやった。

那須野はスロットルレバーを握っていた左手を放すとサバイバルベストの胸ポケットのジッパーをあけ、ロシア語の警告文を片仮名で書いた、カンニングペーパーを取り出した。

バジャーはあたりを見下ろすように悠然と飛んでいる。全長三六・八メートル、全幅三二・八メートル、自重四〇トン、最大離陸重量は六八トン。機体は、ミクリンAM－3M発動機二基で高度三万三〇〇〇フィートを四二〇ノットで巡航している。エンジンを左右の翼の付け根にレイアウトしており、東側の航空機にしてはスマートなデザインだった。

通常型なら三トンの爆弾を搭載し、二三ミリ機関砲七門で武装しているが、電子偵察型のJタイプは爆装をしない。こまかく観察すると胴体の上と下についている機関砲座にも何も積んでいないのがわかる。尾部に二門だけ機関砲が並んでいた。

「そろそろ始めるぜ」那須野は左手に持ったメモ用紙を目の高さに上げた。「トゥイ・チェペーリ・ブゾーニェ・イポーニ・イジーイズ・ゾーナ・イポーニ――」

あなたの機は日本領空にいる、退去せよ――那須野はカンニングペーパーを棒読みしていた。ちらりと見上げたバックミラーの中では小池がハーネスを外して機の周囲に目を配っているのが見えた。那須野は英語に切り替えてもう一度繰り返す。

「ディス・イズ・ジャパン・エア・セルフ・ディフェンス・フォース――」

ソ連機はむっつりと黙り込んだままだった。もとより返答を期待してはいない。相手がロシア語で何かいってきたらどうしようか、那須野はふと思った。いいかえすだけのボキャブラリーはない。ままよ、日本語でクソッたれとでもいってやるさ。

「反応なし、だな」小池がいった。声に緊張感がにじんでいる。「どうする?」

那須野は計器盤を見て、自機の位置を確かめていった。

「もう一度繰り返す」

ロシア語、それから英語。ロシア人の機長がじっと那須野を見ていた。一体、何を考えているんだ——那須野は見返しながら思った。次の瞬間、彼の考えていることがわかった。尾部の銃座が音もなく動き、那須野と縄多の機に銃口を向けた。

「散開しろ」那須野は僚機に向かって叫び、同時に操縦桿《そうじゆうかん》を倒した。

戦闘機は敏感に反応し、すぐに高度を下げ、ソ連機の下にもぐりこむ。縄多機は那須野の右上、約五〇〇フィートほど離れたところを飛んでいた。近接編隊のままでは機関砲の一斉射《せいしや》でどちらも撃墜される。

「レーダー・ロック・オンもかかっていないんだ。相手が撃ってくるはずもない」小池がいった。「ロシア人の機関砲にだってレーダー照準器くらいついている」

「わかってる」那須野はぼそりといった。

黒々とした銃口をのぞいた途端に冷たい手で心臓をつかまれた気がした。ラインダースに離陸中を襲われて以来、神経が張り詰めていた。

喉が渇いた。むしょうに酒が飲みたかった。

だが、ウィスキーも那須野を助けてはくれない。いつの間にか左手はスロットルレバーを握っている。ロシア語のメモはどこかにいってしまった。気にしなかった。言葉のフェイズは終わったのだ。

那須野はスロットルレバーをぐっと前へ押し出し、アフタ・バーナに点火した。

午前十一時二十四分三十秒。

バジャーはついに沖縄本島の南南西、海岸線から一二海里の地点でボーダーを割った。事態が一変する。

〝警告、第二段階に移行せよ〟宮古サイトの指示が出た。

「了解」那須野が応えた。

警告の第二段階は、相手の斜め前方に出て翼を振る合図をすることだ。那須野はバジャーの後方約一キロくらいの位置で高度をとると、たっぷりとした速度差をもって一気に詰め寄った。翼の前縁《ぜんえん》越しにバジャーを捕捉したまま追い越す。機長席を見下ろし、操縦桿を小刻みに振って合図を送った。操縦席の窓から見えるパイロットは何の反応も示さない。

クソッ――那須野は口の中で罵った。

「尻を振っても、相手は気にもとめなかったようだな」小池が素直に述べた感想が那須野の胸に突き刺さった。「警告を聞くつもりはないようだ」

ふいにヘルメットの中で飛び交っていた無線機の会話が途切れた。

故障か？　那須野はヘルメットの耳の部分を軽く叩《たた》いた。

「無線封止だ。那覇もカデナも沈黙した。ソ連機が接近している。タイムアウトということだよ」小池は淡々といった。

午前十一時三十分。

バジャーが領空を侵犯してからすでに五分が経過している。無線封止は、考えるまでもなく当然の措置だった。各種の無線傍受機器を備えた偵察機が頭上を通過しているのだ。いつもと同じ電波を発するわけがない。つまらぬ無線機の会話でさえ、相手には情報となる。

「どうする、那須野？」小池が訊《き》いた。

「こうするさ」

那須野はスロットルレバーを操作してアフタ・バーナを全開にした。さらに操縦桿を引き、急上昇に移る。無線を封止しているが、那須野が発する信号は拾っているはずだ。基地の連中は、いや、宮古島や米軍基地の隊員もじっと無線機のスピーカーを見つめているに違いなかった。時間が経過していく。どうすると訊かれて反射的に操縦桿を引いたが、那須野の胸にはまだためらいがあった。だが、本番の幕は上がり、台本は那須野の胸の内にある。

「エンジョイ・フライト・リーダー」那須野は無線機に吹き込んだ。「これより機関砲による警告射撃を試す」

耳元でかすかに無線機のスイッチを鳴らす音が聞こえた。宮古島レーダーサイトからに違いなかった。が、いずれにしても那須野の行動を承認する指示は才堂司令から出ているはずだった。

すべてはブリーフィングの通りに進行していた。作戦開始は、スイッチ操作を一回。作戦中止なら無線封止を無視して〝ゴースト・バスターズ〟と三回告げられる。

那須野は機体を上昇反転させながら操縦桿についている安全装置を解除した。ヘッドアップ・ディスプレイに照準環が浮かび上がる。

呼吸音が聞こえた。自分のか、小池のものなのか、那須野には区別がつかなかった。ヘッドアップ・ディスプレイのど真ん中にバジャーの銀色の胴体を捉えた。その中央部にピパーと呼ばれる輝点を合わせる。レーダーが作動して、ロック・オンを伝える。ディスプレイに標的の速度と高度、それに進行方向がデジタル表示された。

「目標機までの距離三〇〇〇フィート」小池が計器を読んで、那須野に告げる。

那須野も小池も自動機械のように作業を進めていった。じりじりと接近することで、風防の中に大きくなるバジャーを見ながら、那須野は酸素マスクの中で唇をなめた。

「二七〇〇フィート」再び小池がいう。

那須野機の速度はマッハ一・二だった。急速に標的が大きくなる。規則違反だったが、那須野は操縦桿についたトリッガーを一段引いた。乾いた手応え。機首に取り付けてあるビデオカメラが撮影を開始しただけだが、背筋が凍る。

バジャーが大気をかき乱すために、ファントムは小刻みに震動している。

「二五〇〇、二四〇〇、二三〇〇――」

ふっと小池の声が途切れた。

那須野は喉を流れる自分の呼吸音だけを感じた。標的の姿と淡いグリーンに光るピパーだけしか見えない。

「二〇〇〇フィート」小池の声が蘇《よみがえ》った。

那須野はうなり声とともに操縦桿を引き、機首を上げた。ピパーが移動し、何もない空間にたたずんだ。レーダー・ロック・オンが外れ、オーラルトーンが沈黙する。バルカン砲のトリッガーを引いた。

一瞬の出来事だった。

ファントムの機首についたバルカンが吼《ほ》え、一秒間に百発、弾頭に炸薬《さくやく》を詰めた二〇ミリ弾を吐く。曳光弾《えいこうだん》がオレンジ色の帯を引いた。

バジャーが機体を揺すり、急速に方向転換する。

「奴が針路を変えた。二三三。太平洋上空に向かう」小池が鋭く、早口に告げる。

午前十一時三十一分三十秒。

那須野は航空自衛隊創設以来はじめて、ソ連機を撃った男になった。

那須野はファントムのスピードを緩めず、そのままバジャーの横をすり抜けてオーバーシュートさせ、旋回を切った。縄多がすかさず前進して那須野がいた位置につき、バジャーの後尾を追う。那須野機は黒煙を曳《ひ》きながら旋回を切っていた。前方には積乱雲のかたまりがあるだけでレーダーに機影はない。

依然、スメルジャコフはどこにも見当たらない。

ヘッドアップ・ディスプレイに表示されている機首方位が刻々と変化する。

なぜだ?——那須野の脳裏に疑問がわく——スメルジャコフは来なかったのか、それとも米軍の情報が間違っていたのか?

失望と安堵《あんど》がないまぜになった不思議な気分。消化不良を起こした胃袋を抱えているようだった。バジャーの針路に対してファントムの機首が直角になった。那須野は正面に視線を戻し、ヘッドアップ・ディスプレイ越しに四角い空間を睨《にら》んだ。いずれバジャーは再び日本領空を横断せざるをえない。そうしなければ、真っ直《ます》ぐに米軍のカデナ基地《ベース》上空に飛び込んでしまう。

今は領空侵犯をしているバジャーに神経を集中させるべきなのだ。現れないスメルジャコフにつのる苛立《いらだ》ちを抑え、那須野は自分に言い聞かせた。

その時——。

那須野と小池は同時に身体《からだ》を硬直させた。ヘルメットに響くオーラルトーン。翼下に吊《つ》り下げた赤外線追尾式ミサイル『サイドワインダー』のシーカーが熱源を感知した時に鳴る特有の神経にさわる音が二人の耳を打った。

那須野の戦闘機乗りの本能が一瞬のうちに操縦桿を中立にさせ、ファントムは熱源の追尾を開始する。

ミサイルシステムの故障か？

那須野は視線を下げ、テレライトパネルを素早くスキャニングした。だが、異常を伝えるシグナルはどれも点灯していない。後席の小池に訊く。

「レーダー反応あるか？」

「ネガティヴ」小池も同様にオーラルトーンに驚いていた。

「リーチ、熊さんの追跡を続行せよ」那須野は無線機で指示を飛ばした。

〝了解〟という返事が聞こえた。

那須野は見えない熱源を追って操縦桿を倒し、フットバアを蹴った。

米空軍、イーグル編隊。

〝ジークがソ連機から離れていく〟

イヤフォンにバーンズの声が聞こえた。レーダーをモニターしていたラインダースは自分も同じ映像を捉えていることを知らせるために、無線機のスイッチを鳴らした。

レーダー上ではソ連機が旋回したにもかかわらず、那須野の機が直進していることを示していた。ラインダースは狭い操縦席の中で身体を揺すり、なるべく楽な姿勢をとろうとした。花崗岩《かこうがん》のように硬いエジェクションシートの上で楽な姿勢をとるにはかなり頑強な意志の力を必要とした。

那須野が離陸した直後に二機、五分ほどしてさらに二機の航空自衛隊機が那覇基地を離陸していったことはすでにレーダーで確認している。一機のバジャーに対し、六機のファントムが舞い上がったのだ。

だが、ラインダースが注意を傾けているのはかつての僚友那須野が操縦するファントムだけだった。

事は大柄な黒人の策士が書いた筋書通りに進行している。ラインダースはマスクのフックに手をやり、しっかりと固定されているかを確認する。息苦しかった。胸が甘酸っぱい液体でいっぱいになっている感じだった。

「ジーク」ラインダースはやるせない思いで呟《つぶや》いた。

〝何だ？　何かあったのか？〟イヤフォンにバーンズの声が響く。

「何でもない」

ライン ダースはサンバイザーをハネ上げると両目にあふれた涙を横殴りに拭った。機体がわずかに揺れたが、慟哭《どうこく》する彼の肩は、それ以上に揺れ続けていた。

「レーダー反応あるか？」那須野が再び訊いた。

目の前には積乱雲が巨大な城壁をなしているだけで、飛行物体らしいものは影も形も見えなかった。

「ネガティヴ」小池は乾いた唇をなめた。レーダーに目をこらす。わずかな反応があった。操縦桿を握る那須野に怒鳴る。「待て、針路そのまま。一時の方向だ。かすかに、何かが反応した」

屈《かが》んでレーダーをのぞきこむ小池の声は、くぐもって聞こえる。

「あっ、消えた」

那須野はやや右の前方に注意を傾けたが、相変わらず雲の壁があるだけだった。赤外線追尾式ミサイルのシーカーはまだロック・オンしている。

安全装置を外して、引き金をひいてみたくなった。

ミサイルは感知している熱源を追って勝手に飛んでいくだろう。那須野は首を振った。相手の正体がわからなさすぎる。スメルジャコフである可能性は高かったが、確認するまで攻撃を加えるわけにはいかなかった。

「まただ」小池が興奮して叫んだ。

那須野は肩をすくめ、顔をしかめた。

「何だ？」

「レーダー反応があった。とても航空機とは思えん。小さなものだ。せいぜい一メートル四方程度のものとしか考えられん」小池は自分の言葉を信じられずに首を振った。

「一体、オレたちが追っているのは何だ？」那須野はムカッ腹を立てていった。「UFOか、それともスメルジャコフは一メートル四方の大きさしかない飛行機に身体を縮めて乗っているとでもいうのか？　しかも、そいつは高度三万フィートをマッハ〇・八で飛んでいる。エンジンはラジコン用だろうな」

「わからない」小池は必死にレーダーを操作した。

反応は微弱で、ともすれば消えてしまう。不規則にちらり、ちらりと影が見えるだけだった。小池は自信を失った、小さな声で呟いた。

「オレにもこいつが何だかよくわからない」

「OK、雲中飛行《イン・クラウド》で行ってみよう」那須野の声に緊張感がにじんだ。

見えない航空機を求めて、視界がまったく閉ざされる空間に飛び込もうという。並みの後部座席員なら拒否する。だが那須野と組んで三年二カ月、小池もタフになっていた。

「そうだな、それしかないだろう」

「行くぜ」

那須野は小池にというより、自分自身に声をかけてじわりとフットバアを踏んだ。ファントムはやや右寄りに針路を変えた。

こめかみを冷たい汗がつたい流れる。

雲は接近するにつれ、厚みを増してきた。季節はずれの大型低気圧が形成されているのか。那覇基地を離陸した時には快晴だったが、現在位置は、東南へ五〇マイル以上も離れていた。

いずれにしても雲を隠れみのにして飛んでいる航空機がある。

米軍の演習空域まであと八マイルほどだった。時間はほとんどない。雲に突入する。周囲が一斉に白く濁る。まるで濃密なスープの中に飛び込んだようだ。ファントムがぽっかりと浮かんだように感じる。背後で回転を続けるエンジンの音がなければただ空中に漂っているだけという錯覚を起こすだろう。

だが、それは長くは続かなかった。すぐに強烈な下降気流を食らい、ファントムは大きく機首を下げた。

那須野は何とか機体を水平に保とうとアフタ・バーナを入れ、操縦桿を両手で握った。ファントムが激しく翻弄される。小池は素早く目の前のバアに手を伸ばし、身体を支えたが、激しく震動するコクピットの中であちこちに身体をぶつけた。

「目を開いてろよ。奴とどこでぶつかるか、わからんぜ」那須野が叫んだ。

ファントムは猛烈な下降気流に衝突し、一瞬にして五〇〇フィートも高度を失った。赤外線シーカーのロック・オンが外れ、ヘルメットの内側にあるイヤフォンが沈黙する。

マイナスGに胃袋が持ち上げられ、酸っぱい液体が熱く喉を駆け上がってくる。那須野も小池も歯を食いしばった。喉が鳴る。今度は上昇気流だ。喉元にこみあげていた液体が急速に降りてゆき、頭からも血が引いた。Gスーツがふくれあがり、胃袋とふとものあたりを締め付ける。

巨大なジェットコースターに乗せられているようなものだった。

那須野は操縦桿を直立させたまま両手で握り続けていたが、ほとんどコントロールできなかった。戦闘機でなければ激しい重力変化に耐えきれず、とっくに機体が分解しているところだ。ファントムは、まるで雲が異物でも吐き出すかのようにふいに明るい空間に放り出された。

おお――那須野が思わず感嘆の声を漏らす。

雲の回廊。自然のいたずら。上下数千メートルにおよぶ雲でできた鍾乳洞《しょうにゅうどう》の中に四二七号機は飛び出していた。

「十一時の方向にレーダー反応」小池が鋭く叫んだ。

那須野は素早く左に目を転じた。わずかの間、黒い影が見えた。目指すソ連機でなければ、サタンの後ろ姿でも見たことになる。翼らしきものがぼんやりと見えたにすぎなかったが、その大きさはファントムを超えていたようだ。

「消えた」小池が残念そうにいった。「視認したか?」

「ああ」那須野がいった。機首をたったいま影が見えたあたりに向けると、微弱だが赤外線追尾式ミサイルに反応が出た。「キャッチした。追尾する」

那須野はアフタ・バーナに点火し、機首を強引に黒い影が消えたあたりに向けるとそのまま直進した。その方向は雲が切れかかっており、太陽光線がカーテンのように幾本もの筋を描いている。

「あんまり歓迎できない話だが――」小池の声は沈んでいた。「アメちゃんの演習空域に踏み込んだようだ」

「緊急回線で連絡を取れ。奴らに撃墜されたんではわりに合わないからな」那須野は雲の切れ間に何とか機体をすべりこませながらいった。

「OK」小池は通信チャネルを七番にセットした。その途端、ひどい空電が襲いかかり、思わず無線機のスイッチを切った。「一体どうなっているんだ?」

半ば茫然《ぼうぜん》とした小池の呟きに那須野は眉を寄せた。

「どうした?」

「妨害電波を流している奴がいる。それもかなり強力なやつだ」小池は無線機の周波数を次々に変えながらひとり言のようにいった。「どのチャネルもアウトだ。どんな気象状態でもこんなにひどくはならない。ＶＨＦもＵＨＦも全部ダメになっている。軍用機に積んである無線機にだけ狙いを絞っているような感じだ」

「このへんにソ連の基地があることは考えられない」那須野は無線機にはほとんど関心を払っていなかった。

「第七艦隊が近くにいるのか？」

小池が訊いた。返事は聞くまでもなかった。この空域をカバーする航空母艦はいないはずだった。海軍が耳をそばだてているところで、空軍が実験するはずがない。

「カデナか？」

「そうだな。残念ながらオレたちの那覇にはそれだけの通信妨害設備はない。あるいは」那須野は言葉を切って、頭上に広がりはじめた青い空を見上げた。「オレたちより二万フィートほど上空で妨害電波を照射している奴がいるかも」

「ＡＷＡＣＳ」小池が呟いた。

だが、米軍がなぜ航空自衛隊の無線通話を妨害するのか理由が呑《の》み込めなかった。

那須野は撃墜される懸念を振り払って前方の空間に鋭い視線を飛ばした。ちらりと見かけた黒い航空機がどこを飛んでいるのか、それだけが気になった。きらりと小さな輝点が那須野の目を射抜く。網膜に赤い染みが残る。

「奴だ」那須野は叫ぶと同時に操縦桿を前へ倒し、急降下にはいった。「見つけたぞ」

黒い戦闘機らしきものは那須野機より七マイルほど前方をゆうゆうと飛行している。

「方向は？」小池が訊いた。

「正面だ。のんびり飛んでやがる」

「レーダーには何も映っていない」小池の声に苦い失望の響きがにじむ。

那須野には小池の思いが手にとるようにわかった。計器とわずかばかりの視界しか与えられていない後部座席ではレーダーが役に立たなければ目が見えないのと同じだった。ヘッドアップ・ディスプレイには何の表示もない。目標機までの直線距離は目測でおよそ七マイルほどに見えたが、レーダーが何もキャッチしないために機上のコンピューターも沈黙したままだった。

レーダーに映らない限り、那須野の駆るファントムにとって目の前の黒い戦闘機は存在していないも同じだ。

「まるで幽霊だな」

那須野の両眼《りょうめ》は黒い航空機の姿をはっきりと捉えていた。スメルジャコフが乗っている飛行機であることは間違いなかった。

レーダーとコンピューターが機能しない――那須野と小池は第二次世界大戦時の空中戦に放り込まれた。当時のレシプロエンジン機を駆ったパイロットと同じように自分の肉眼だけを頼りに敵機に接近する。

那須野はちらりと対気速度計に目をやった。

マッハ一・二——速度だけは現代航空戦のものだった。


一九七三年十二月、ハイファ基地。

那須野は足を引きずりながら、駐機場のコンクリートの上を歩き続けた。数分前に着陸したばかりのファントム二機がかげろう越しにゆらめいている。たった今、降機したばかりの四人のパイロットが那須野に近づいてきた。

ラビンの姿はすぐに見分けられた。

「おかえり、中佐」那須野が立ち止まる。

ラビンは他の三人に飛行隊舎へ行くようにいい、自分は那須野の前に残った。

「怪我《けが》の具合はどうかね？」ラビンが訊いた。

「二カ月たちましたからね、何とか歩くことはできるようになりました」那須野は笑みを浮かべて応えた。

風が吹いた。

ファントムを押し包むかげろうが揺れた。

「〈テキサス〉はいかがでした?」今度は那須野が訊《たず》ねる。

〈テキサス〉とは、シナイ半島にあるレフィディム航空基地についたニックネームだった。激戦区である。レフィディム基地からの出撃には、他の基地に見られるような厳しい規律がなかった。敵機来襲の知らせがあれば、パイロットは各自の判断で手近な戦闘機に乗り込み、スクランブル発進ができる。

もっとも、空中に上がる権利を持っていたのは、抜け目のない、そして腕のたつパイロットに限られていた。

その風潮が西部劇の世界に似ているところから、この基地が〈テキサス〉と呼ばれるようになったのだった。

「ひどい所だ。向こうに行っている間に七機撃墜したよ」ラビンの口調はひどく苦々しげだった。「一カ月半いたんだがね、撃墜できたのは、最初の二週間だけだった」

『ヨム・キップルの戦い』と呼ばれる第四次中東戦争で、イスラエルが払った代償は大きかった。アラブ軍の先制攻撃で二千五百名もの兵士を失い、さらに数百名にのぼる捕虜を出したのは、イスラエル軍にとってはじめての体験だった。

「聞いてますよ、中佐。撃墜機数が十になったそうで、おめでとうというべきなのかな」那須野の声は低く、聞き取りにくくなった。

「ありがとう」ラビンは微笑《ほほえ》もうとしたが、果たせなかった。「上には上がいるがね」

レフィディムを母基地とするパイロットに十七機の撃墜記録を持っている中佐がいることを、那須野は思い出した。フランス製のジェット戦闘機ミラージュを駆っているということだったが、名前を聞いたことがなかった。

那須野は、あくまでも外部の人間として扱われている。

那須野はラビンの後方にあるファントムに眼を注いだ。ハイファ基地上空で、スメルジャコフの駆るミグに撃墜されてから二カ月、ファントムのそばによることもできなかった。今日はラビンを迎えに出るという名目で、那須野の治療を担当している若い軍医大尉が基地へ来ることを承認したのだ。

ラビンが那須野の視線を追う。うずくまる戦闘機と怪我をした日本人戦闘機乗りを交互に見比べる。ラビンの双眸《そうぼう》が哀《かな》しげに翳《かげ》った。

「私はまた、飛べますか？」那須野が訊いた。

ラビンはしばらく口を閉ざしていたが、やがて静かな声で切り出した。

「それを決めるのは君自身だよ」ラビンはそういって右手に持っていたヘルメットバッグを左手に持ち替えた。「戦闘機乗りは、いつでも一人だ。空中でね。命令によって飛ぶが、最後の瞬間に撃つことを決断するのは、たった一人なんだ」

「撃つことによって人が死にます」

「それがいやなら戦闘機乗りになろうなどと思わないことだ」

ラビンの言葉に弾《はじ》かれたように身体を震わせ、那須野はラビンを見た。長い睫《まつ》毛《げ》に縁取られ、いつもは哀しげに見える瞳が、今日は取りつくしまもないほどに冷たい光をたたえている。

「ファイターパイロットには、努力した結果として到達するタイプと生まれついてのタイプがある。前者は標的となりやすく、後者は戦闘機を飛ばす」

「私はどっちでしょうか?」

「いっただろう。戦闘機乗りは、いつでも自分で判断するんだ」ラビンの口許《くちもと》がほころんだ。

「人殺しであることを受け入れるんですか?」

那須野の言葉にラビンの笑みが広がる。

「哀しいかな、我々は相手を撃墜することしか教育されていないし、それ以外を望んでもいない。戦闘機を飛ばしている人間が生きていることを実感できるのは、生死の境にある薄い膜を挟んで敵機と向かい合っている時だけだ、少なくとも私はそう思っている」

那須野はうなずいた。

イスラエルに来てはじめてミグを追いかけた時、スメルジャコフの見事な操縦に見とれた瞬間。そして敵機にロック・オンして撃った刹那――。

「君はファントムで飛ぶのをやめられるかね?」ラビンが訊いた。

「無理でしょうね」那須野は淡々と答えた。

「それが戦闘機乗りなんだよ、ジーク」

那須野が怪訝《けげん》そうに眉をしかめて振り向いた。ラビンの口許には笑みが漂っている。

「ジークって誰のことですか？」

「君のことさ。基地の中では、誰もが君をジークと呼んでいる」

ジーク。

太平洋戦争中、米軍が日本の零式艦上戦闘機につけたコードネームが〈ジーク〉だった。那須野が日本人であること、また、治朗という名前が英語で『0《ゼロ》』を発音するのに似ていること、戦闘機乗りであること——それでジークと呼ばれているのだ、とラビンは説明した。

「気にいらないか？」

「最後に聞いたのが自分だ、という点だけは」

那須野はにやりと笑った。再びうずくまる戦闘機に眼を向ける。

熱い風が滑走路の上を吹き抜けた。

かげろう越しに揺れるファントム。那須野には、戦闘機が今ほど愛《いと》しく見えたことはなかった。

10

米空軍イーグル編隊。

〝航空自衛隊機が演習空域に侵入。繰り返す、航空自衛隊機が演習空域に侵入〟

盗聴防止用の周波数変換装置を通った空中指揮官の声は不気味に歪《ゆが》んで聞こえた。ラインダースはレーダースコープの明度を僅かにしぼり、目をこらした。

高度四万フィートを飛ぶＡＷＡＣＳ機から送られてくる信号をＦ－15イーグルに内蔵されているブラックボックスが解析し、レーダースクリーンに彼我の戦闘機の位置と高度を表示する。

航空自衛隊が使用しているイーグルには、この装置が搭載されていない。このシステムにより米空軍の戦闘機は自らレーダー波を発することなく、標的機を捕捉する。ＡＷＡＣＳ機をホストとして戦闘機部隊は空中で戦術情報ネットワークを構築しているのだ。ラインダースが飛ばすイーグルは高度三万五〇〇〇フィートで、ゆったりとした弧を描いていたが、それもどうやら終わりにさしかかっていた。すぐ左前方を飛ぶもう一機のイーグル——バーンズ機も同様の情報を受け取ったはずだ。

「ジークの位置を確かめた。奴《やつ》は予定通りこっちの空域に飛び込んできた」ラインダースは冷たい声でいった。表情と感情を失い、砂のように乾いた声だった。「単機でまぎれこんだことも考えられる」

無駄なあがきだということは知っていた。だが、少しでも時間稼ぎができれば、その間に那須野が飛び去っていくことも考えられた。

〝よせよ、ハンス〟バーンズの声はにべもない。〝奴が単機ならこんなところまでノコノコとやってくるもんか。ここらあたりが我々の指定した実験空域の中心部であることくらい先刻承知しているさ。他に方法がないから来たんだ。お前のジークは間違いなくスメルジャコフを追ってきている〟

ラインダースはうなずいた。間違いはない。バーンズがいった通りなのだ。それでもラインダースは執拗《しつよう》に食い下がった。

「奴が単機だとしても予定通り殺《や》るのか？」

〝いい加減にしろ、ハンス。オレたちのゲームは始まっているんだ。今さら下りられるものか〟

オレたちのゲーム？——ラインダースは口許《くちもと》をゆがめた。

計器盤の時計にちらりと目をくれる。米軍が演習空域を確保していられる時間は、残り六十分を切っていた。

〝コンバット・オープン〟バーンズの声が無情に響いた。

同時にバーンズの駆るイーグルの胴体下から大型の外部タンクが落下する。ラインダースは計器パネルに手を伸ばすと自分も同様にタンクを切り離した。戦闘開始だ。いち早く旋回にはいったリーダー機のあとを追って、ラインダースもフットバアを蹴り、操縦桿《そうじゅうかん》を右に倒した。

六G旋回。イーグルのねじり下げた翼端から水蒸気の帯が白く伸びた。

妨害電波によって通信チャネルのすべてをつぶされ、南洋の大空にポツンと浮かんでいる那須野の背後から接近するために。


雲の裂け目、光の帯をさかのぼるようにファントムを飛ばしていた那須野が思わず声をあげた。

「なんだ、こりゃ？」

黒い戦闘機が那須野機の右側方、二〇〇〇フィートを飛行していた。その姿は巨大なブーメランを思わせるような恰好《かっこう》をしており、垂直尾翼が見当たらなかった。補助翼を使って、方向転換をするのだろうか？　那須野はふとそう思った。

「スメルジャコフだろうな」小池が自信のなさそうな口調でいった。

「そう多分、これが奴の乗機だ」那須野も力のこもらない声で応える。「ソ連がステルス機を持っている話を聞いたことがあるか？」

「ないね」小池は素っ気なく応えた。

那須野と小池は目の前にある黒い航空機の姿を信じられない思いで見つめていた。ステルス戦闘機あるいは爆撃機は次世代の航空戦を左右するほどの特殊兵器である。ソ連が開発に成功しているのなら何らかの情報が航空自衛隊にもたらされているはずだったが、ステルス技術に関してはアメリカが独占しているとしか聞いたことがなかった。

だが、二人が驚いていたのは一瞬に過ぎない。すぐに今眼前に展開されている事実を受け入れ、行動に移る。

小池はシートの下方に手を差し入れてニコンの一眼レフカメラを取り出した。自動露出がセットしてあるのを確認すると、両手で構えた。ファインダーの中央部にソ連機を捉える。シャッターを切った。素早い動作でフィルムを巻き上げ、十二枚撮影することに成功した。ピント、露出とも申し分ない。うまくすれば明日の朝刊には小池の撮った写真が一斉に一面を飾るかも知れない。

那須野は、スロットルレバーを細かく操作しながら黒いソ連機とファントムの機速を合わせ、二時と三時の間を飛んでいる黒い航空機をじっくりと観察した。

後方から接近する時におおよそ全幅の見当をつけていた。ファントムよりもやや大きく、一八メートルといったところだ。だが、全長は機首をすっぱりと切り落とした——このため三角翼機でありながら、全体のシルエットがブーメランのように見える——ような恰好をしているので、ファントムの三分の二程度しかない。

一〇メートルほどだろう、と那須野は見当をつけた。

操縦席はひらべったい翼の中央部にあった。平面的なキャノピーで覆われており、時折陽光を反射してその角が光った。機体は真っ黒だった。翼に赤い星のマークが描かれていたが、その上からさらに黒い塗料をぬりつけている。

黒い飛行機の左翼に、銀色に輝く一本の帯が描かれている。それは塗装ではなく、地の金属の色が光沢を放っているのだった。

那須野は突然、レーダーにあらわれた一連のシグナルの意味を悟った。

「レーダーに反応したのは、あの翼だったんだ」

「フェライトだな」小池がソ連機をながめて、ひとり言のように呟《つぶや》いた。

フェライトは磁性体の一種で種類によっては電波を吸収する能力を持つ。

「何か光らなかったか？」那須野は目を凝らしていった。

確かにソ連機の操縦席あたりで光がまたたいたような気がした。

今度は小池がその光を見た。

「信号灯だぜ」小池は幽霊でも見てしまったように呟いた。「簡単なモールス信号。暗号でもない。待てよ、読んでみる。U、H、F、1、3、2、1、4、8、——周波数だ。民間航空機用のものだが、十五年も前の周波数で今じゃ誰も使っていないぜ」

「それが奴の狙いだよ。内緒話をしましょうということだろう」那須野は自分の左側にある無線機のテンキーを叩《たた》いて周波数をセットした。ロシア語のメモを紛失した後だったので仕方なく英語で語りかける。「貴機は日本の領空を侵犯して——」

〝寝惚《ねぼ》けたことをいうな〟ソ連機が鋭くいった。

小池が聞くはじめてのスメルジャコフの声だった。低く、よく抑制されたパイロット特有の喋《しゃべ》り方で、なまりのない英語だった。

「スメルジャコフだな？」那須野が訊《き》いた。

〝アメリカから聞いたのか？〟スメルジャコフが訊き返した。

肯定したということだ。もっとも翼にトレードマークの帯を描いて今さら自分を偽るつもりもないだろうが。

「そうだ。オレたちは航空自衛隊のパイロットで、お国の偵察機が団体で領空侵犯をしかけたためにスクランブル出動してきた。今のところ警告射撃以外をするつもりはない。おとなしく帰ればの話だが」

那須野はせいぜい凄味《すごみ》を利かせていったつもりだが、間の抜けた台詞《せりふ》を吐いているような感じがした。

〝帰らなかったら？〟スメルジャコフの言葉には楽しんでいる様子すらうかがえた。〝君たちの方が先に撃墜されることだってありうる。とにかく一発目はこちらに発射する権利があるようだから〟

やりにくいな——日本のやり口はソ連にまで知られている。いや、なめられているといった方が正解かも知れない。クソッ、いい加減ウンザリだ——オレはそんな面倒な手間をかけない。

「試してみるか、本当にオレが最初からあんたを撃墜しにかからないか？」

沈黙。

わずかな間。無線を通じて酸素マスクの中にこもるスメルジャコフの呼吸音が聞こえてくるようだった。やがて、スメルジャコフが静かにいった。

〝言葉は何の解決にもならないようだな。いつアメリカ人がやってくるかわからない。君が望むなら決着をつけようじゃないか。私には遂行しなければならない任務が待っているんでね〟

「おとなしく帰る気はないのか？」那須野は探りを入れた。

〝とにかく時間切れだ。君たちと遊んでいる暇は私にはない。このまま行かせるか、それとも剣を交えるか、だ〟スメルジャコフは時代がかったものいいをした。

「待て」那須野が鋭くいった。亜紀の言葉が脳裏をかすめる。「もう一つ訊いておきたいことがある。九年前のことだ。我々がF－15を導入したばかりのころだが、日本機を撃墜したことがあるか？」

〝日本機を？〟

スメルジャコフは考え込むように言葉を切った。那須野には、永遠とも思えるような時間だった。

計器パネルの右上で時計が秒を刻む。無線機が咳《せ》き込むような音をたてた。

〝思い出した。噂《うわさ》では、私がやったことになっているらしいが、大きな間違いだ。あれは日本機同士が勝手に撃ちあったことだ。訓練中の編隊をからかったら、その中のバカがミサイルを発射した。そいつが僚機に命中、そして空中爆発だ〟

「事故だったというのか？」那須野は我を忘れて呟いた。

〝信じる、信じないはそっちの勝手だ。この飛行機を発見した君たちに敬意を表するつもりで見たままの事実を語ったまでだ。日本空軍のパイロットに私の乗機が発見できたのは本当に驚きだがね〟スメルジャコフの言葉が電波にのって皮肉っぽく響いた。〝例の事故について真実を知りたいなら、その時の編隊僚機を調べてみることだ。日本機を撃ち落とした野郎は責任を感じてハラキリをしたらしいがな〟

スメルジャコフが言葉を切った。短くレーダーを作動させて、周辺空域に他の航空機がないことを確認しているようだった。

那須野は酸素マスクの中で唇を噛《か》んだ。

スメルジャコフが口を開く。

〝タイムアウトだよ。さて、日本空軍のお手並み拝見といくか。私は君たちの国の領空深く食い込んでいる。遊びでやり合うつもりはない〟

スメルジャコフは無線機のスイッチを一方的に切ると同時に鋭く上昇した。

那須野も間髪を入れず、アフタ・バーナに点火し、操縦桿を引いた。二機の戦闘機が鋭く上昇する。

スメルジャコフの黒い戦闘機は機首を上げ続けた。上昇から背面の水平飛行、そして降下へ、大きなループを描く。

那須野はスメルジャコフが宙返りの頂点に達した時に小回りの利くソ連機に追従することが不可能だと知った。操縦桿をぐっと前へ倒し、宙返りの輪から逃れる。スメルジャコフは反転して、那須野機の後方に占位した。

小池は早くもハーネスを外して後ろを警戒していた。

「真後ろだ、那須野」

「了解」那須野はためらわずアフタ・バーナを全開にした。

操縦桿を倒して機首を下げ、さらに機速をかせぐ。対気速度計の針はあっさりと音速を超えた。衝撃波が機体を包む。

小池は機体の両側に張り出したエアインテイクの周辺で風景が歪むのを見た。戦闘機が音速を超えると機体のとがった部分に衝撃波が生じる。そのために風景が歪む。

スメルジャコフは追ってこない。

那須野はフットバアを軽く踏んで、水平に旋回しながらスメルジャコフ機を見た。空中に取り残されてのろのろと飛んでいる姿はあわれでさえある。

「なぜ奴は追ってこないんだろう」那須野がいった。

「アフタ・バーナがついていないんだ」小池が半ば感心して答える。「ステルス機は隠《おん》密《みつ》行動を主任務としている。派手な音をたてるアフタ・バーナやそこから吐き出される大量の赤外線は邪魔になるだけだ。それにデザイン上の配慮もあるのかも知れない。薄っぺらな機体だからエンジンも小型のものだろうし、燃料にも限りがあるだろう」

レーダー探知を避けるために設計されたステルス機には赤外線を大量に放出するアフタ・バーナは無用の長物だった。アフタ・バーナに点火した戦闘機は、赤外線監視装置で簡単に見つけることができる。

那須野は自分がかなり有利にゲームを展開できることを知った。戦闘機の生命は瞬発力にある。より有利なポジションを奪取するのは、スピードなのだ。

「それが奴の弱点だな」

那須野は操縦桿を入れ換え、フットバアを踏んでスメルジャコフの背後から襲いかかる態勢を整えた。

「奴をなめるなよ。さっきの宙返りを見ただろう？　あんなに小回りが利く戦闘機はハリアーくらいなものだ」小池の口調は真剣だった。

ハリアーは英国が開発した垂直離着陸戦闘機で、四つのノズルの方向を自在に変えることができる。敵機が後ろについたら旋回しながらノズルの方向を外側に向けることでより小さく回ることができるのだ。米海軍の制空戦闘機Ｆ－14トムキャット——コンピューター制御の可変翼が機動に合わせて張り出し、大柄な図体に似合わない機動力を持つ——のパイロットでさえがハリアーとは一対一の犬の喧嘩《ドッグファイト》をしたがらない。

「わかってるよ、一撃離脱だ」那須野はそう答えながらスメルジャコフ機の後方、やや上空に占位した。「行くぞ」

かけ声とともに全速力で一気にスメルジャコフに詰め寄る。

スメルジャコフは悠然と飛んでいた。那須野は照準装置をバルカン砲による近接空戦ドッグファイトモードに切り換えた。スメルジャコフが動じないで直進している理由はすぐにわかった。那須野が一発も発射しないままにスメルジャコフ機の後方、約二〇〇フィートほどの空間をすり抜ける。

「どうした？　絶好の攻撃ポジションじゃないか？」小池が声に苛立《いらだ》ちをこめて怒鳴る。

「ダメだ」那須野の声は苦かった。「レーダーがロック・オンしない。奴にレーダー照準でバルカン砲をブチこむのは無理だ」

小池は言葉を失った。

「サイドワインダーを試そう」

那須野は気を取り直して機体をバンクさせると高速の利を生かして再度スメルジャコフ機のバックをとった。

「こんなに簡単に奴の後ろをとれるのに――」小池は攻撃管制モードを熱線追尾方式に変えながらいった。

スメルジャコフまでの距離は約三キロに広がり、サイドワインダーの弾頭につけられたシーカーがソ連機の排気熱を感じて、ロック・オンした。那須野はすぐにトリッガーを引いた。発射音が二人の操縦員を揺さぶり、放たれたミサイルがソ連機めがけて飛んでいく。

時間にしてほんの数秒、ミサイルが約一キロほどの距離に迫ったその瞬間、スメルジャコフは鋭く右旋回し、同時にマグネシウムを燃やしながら大量の赤外線を放出する熱線用の囮弾《フレア》を投下した。ミサイルはそちらに誘導されていき、虚《むな》しく囮の方を爆破した。

スメルジャコフは右旋回を終えて、那須野機に正対する機動を見せる。那須野はアフタ・バーナを切って、機速をやや落とすと操縦桿を倒して、わざとスメルジャコフ機の正面に出た。

「どういうつもりだ。オレたちが奴より有利なのはわずかにスピードだけなんだ」小池は計器を指で弾《はじ》いていった。

「わかっている、ワン・チャンスに賭けるつもりだ。奴をおびき寄せる」那須野の声は落ち着きを取り戻していた。

「おびき寄せる？　もっと安全な方法があるんじゃないか？」小池の声が爆発する。

「そうかも知れん」那須野は平然といってのけた。「小池、オレがフラップと怒鳴ったら何も聞かずにフラップレバーを下げろ。オレはエンジンをアイドルセットしてギアを降ろす」

「フラップトリックをやろうっていうのか？　古い手だ。第二次世界大戦中のパイロットが使った手だぜ」小池は納得できない口調でいった。「しかも奴が乗っているのが最新鋭のステルス戦闘機だ」

小池は自分の前にある操縦装置類に目をやった。米空軍仕様のＦ－４Ｅを原形とするため航空自衛隊のファントムにも後席操縦装置がついている。

「だからこそ古い手口にひっかかるのを期待しているんだ」那須野はスメルジャコフ機に真っ向からぶつかるように機体を操った。「一か八《ばち》か、うまくいけば照準装置なしで奴に弾丸を叩き込むことができる」

「わずかな期待だ」

いだけで」

「藁《わら》をつかむんだよ。オレたちは溺れかかっているんだ。ただ自分ではそう気がつかな

「うまくいけば長者になれるわけだ」小池は首を振った。

「来たぜ」那須野の声に緊張がにじんだ。

すでに空中戦に突入してから六十秒が経過していた。

現代航空戦では互いの機動スピードがあまりに速く、一分を超える戦闘はパイロットを苦しめる。急激な重力の変化はパイロットの血液を激流のように身体《からだ》じゅうに巡らせる。心臓は、重力に逆らって酸素とエネルギーと大量のアドレナリンを供給している。

実際、那須野も小池も無理をして平然さを装っているが、心臓も肺も限界に近く、焼けつくように痛んでいた。

スメルジャコフはファントムの前方、約一マイルほどで機首を下げ、那須野機の下にもぐりこむような機動を見せた。那須野もそれに合わせて操縦桿を倒し、機首を下にする。互いにゆずらなかった。

正面衝突寸前でひらりと身をかわし、相手の背後に回り込むことを狙う。

これこそ犬の喧嘩《ドッグファイト》だった。

相手の尻に牙を突き立てた方が勝ちなのだ。那須野の目の前にみるみるスメルジャコフ機の黒い機首が迫ってきた。透明な正面のガラス越しに黒っぽいサンバイザーを下げ

たスメルジャコフの姿さえ見える。

だが、それは一瞬の映像だった。

那須野はほんのわずかに右のフットバアを踏み込み、すぐに左に踏みかえた。小刻みなS字ターンで針路を変更する。スメルジャコフは反対に動いた。正面から射かけるような真似《まね》はしなかった。弾丸が無駄になるだけだ。正面は、戦闘機のシルエットが一番小さく、相手を捕捉している時間がもっとも短い。

那須野は手袋の中がじっとりとしめっているのを感じた。心臓の鼓動が喉のあたりにある。

スメルジャコフとすれ違ったのを小池は機体が激しく震動することで知った。音というより空気の波に身体を揺さぶられたような感じだ。小池はハンドレールで身体を支え、スメルジャコフ機が飛び過ぎた三時の方向に目を転じた。那須野が早くも右旋回機動に入っており、小池は左のスイッチパネルに脇腹を叩きつけられた。

「奴は？　奴は？」那須野が旋回しながらわめく。

「五時の方角。距離約二マイル、旋回している。真後ろをとられるぞ」小池はハーネスを外した身体をいっぱいにひねって後方を見た。

那須野は無駄と知りつつも操縦桿をちょんと引いて、左右のペダルを交互に踏み、シザースロールを切った。

スメルジャコフ機が旋回から立ち上がり、那須野機に合わせてきれいにロールする。

「ぴったり後ろだ、来るぞ」小池が叫んだ。

「そろそろ行くぜ。ベルトを締めろ」那須野の声はかすかに震え、カウントを開始した。

「三、二、――」

「撃った、奴が撃った」

小池はスメルジャコフの操縦する戦闘機の翼の付け根付近にオレンジ色の炎が閃《ひらめ》くのを見て、急いで前を向くとハーネスを固定した。

背後から近づくオレンジ色のスイカほどもある火の玉が、那須野機の両側をかすめゆっくりと飛び去っていく。マッハ一を超える戦闘機に乗っているために死の使者もじっくりと見ることができる。

「一、フラップ！」那須野が怒鳴った。

小池はためらわずフラップをいっぱいに降ろした。同時に那須野はスロットルレバーを一気に引き、エンジンをアイドリング状態に入れると素早くギアレバーをダウンの位置に入れた。

ファントムは大気中の見えない壁に衝突したような衝撃とともに減速し、スメルジャコフ機の真正面にふわりと浮かび上がる。驚いたスメルジャコフは操縦桿を倒し、那須野機の下を潜《くぐ》り抜けようとした。

那須野はさらに制動用の落下傘を開いて減速する。

速度を失った重い機体は不安定に揺れた。失速警報がけたたましく鳴り響く。那須野は顔をしかめ、歯を食いしばって操縦桿を前へ叩き込み、機首を下げた。

スメルジャコフ機がヘッドアップ・ディスプレイいっぱいに広がっていた。

那須野の右手は素早く安全装置をハネ上げ、トリッガーを引いた。毎分六千発を発射するバルカン砲が獣のように咆哮《ほうこう》し、二〇ミリ銃弾を撒《ま》き散らす。

スメルジャコフ機の左翼、後端から動翼の一部が飛び散るのが見えた。と思う間もなく、両翼に火花が走り、どっと黒い煙が噴き出した。

「やった。命中した」那須野は我を忘れて歓喜の声を発した。

「奴を撃墜したか？」小池が訊いた。

「まだわからんが、撃墜したと思う。奴は煙を吐きながら錐揉《きりも》み降下に入ったようだ。追尾する」那須野はそういい、操縦桿をさらに前に倒した。「煙だ。煙で前がよく見えない。奴はどこだ？」

二人のファントムライダーの胸に黒雲が去来する。

「煙幕か？」小池が左右に鋭い視線を飛ばしながらいった。

「まさか。奴が相手にしているのは戦車じゃないぜ」那須野は不安を吹き飛ばそうと大声でいった。

レーダーに映らないステルス戦闘機なら煙幕は有効だ。広範囲にわたって煙をばらまく必要はない。追跡してくる戦闘機の前にわずかな煙を吹きつけながら自分は旋回すればいいのだ。

「後部レーダー警報」小池が怒鳴った。

同時に衝撃音が襲い、ファントムの機体に銃弾が撃ち込まれた。

「六時だ、奴は真後ろにいる」小池の叫びが続く。

那須野は必死に操縦桿と格闘した。すでにフラップとギアを上げ、エンジンを全開にして急激な左旋回にはいっている。着弾のショックは操縦桿で十分に感じられた。

「左エンジン被弾、自動消火装置作動」小池は淡々とした口調でいった。「だめだ、左エンジンをストップさせろ。燃料を供給していると爆発するぞ」

遅かった。

那須野がキルスイッチを下げる一瞬前、エンジンが鈍い炸裂音《さくれつおん》とともに砕けた。テレライトパネルに赤い警報が一斉に点灯する。

「燃料タンクに燃えうつるぞ」小池が警告した。

那須野はテレライトパネルから異常箇所を素早く読みとった。

左舷エンジンのコンプレッサ、胴体中央の燃料タンク――ゴム被膜に遮断され、幸いにも弾頭部が炸裂しなかったために空中爆発をまぬがれていた――、機首内部にある電装品の一部、そして右舷エンジンの上部。

右エンジンを襲った銃弾はエアインテイク制御板に命中、粉々に砕けて四方八方に飛び散り、後部座席付近を切り裂いた。凄《すさ》まじい勢いでコクピットを襲った砕片が小池の右ふとももの動脈を切断し、右手小指、薬指、中指までを瞬時にして吹き飛ばした。

だが、那須野は小池の負傷に気づかなかった。

小池は歯を食いしばり、脂汗を浮かべながらも苦痛を表に出すまいとした。ファントムは幾筋もの煙を引き、死に瀕《ひん》していた。

スメルジャコフ機がすぐわきをすり抜けるようにして飛んでいく。那須野機には目もくれない様子だった。

ファントムが不気味に震動した。速度が落ち、翼の揚力が失われて機体を浮かべておくのが困難になりかかっているのだった。

「メイデイ、メイデイ、メイデイ」那須野は無線機を緊急回線にセットすると声を限りに叫んだ。「エンジョイ・フライト1・1。ソ連機と思われる戦闘機の攻撃を受けて被弾。コントロール不能、コントロール不能」

だが、ヘルメットの中には神経を逆撫《さかな》でするような空電の音が充満し、自分の声がどこにも届いていないことを知った。

「那須野」小池はめまいをこらえながら呼び掛けた。「四時の方向に戦闘機だ」

那須野は右後方を振り返った。二機のイーグルがきれいに並んで旋回してくるのが見えた。

米軍機だった。

騎兵隊を思わせる登場に那須野はうなった。もう少し早ければ、機を放棄せずにすんだものを、と思わざるをえない。那須野機は深刻な状態に陥っている。

この時になって、那須野はスメルジャコフが目もくれずに飛び去った理由を呑《の》み込むことができた。米軍機が飛来したのを見たために悠長に飛んでいられなかったのだ。

「限界だ、小池。ベイルアウトする」那須野は両手で操縦桿を握りながらいった。

速度は一二五ノット。もう少しスピードが落ちれば失速し、フラットスピンを起こしてしまう。そうなれば緊急脱出の機会は永遠に失われることになるだろう。あちこちで小爆発が起こっている。続けざまに頭を殴られているような衝撃だった。

「脱出する」小池が答えた。

那須野は前後のキャノピーを火薬の力で弾き飛ばした。凄まじい風のうなりが二人の操縦員を襲う。

小池は射出座席の間にある脱出レバーを思い切り引いた。両足のレガーズとエジェクションシートを結ぶベルトが縮み、脱出の際に足が引っ掛かってちぎれないようにした。

次の瞬間、衝撃が小池を襲った。

射出座席のロケットモーターが点火し、シートが機外に放り出される。ほとんど同時に機体後部が派手に爆発した。

那須野ははっとしてバックミラーを見上げたが、小池が脱出したことは確認した。股間に手をやり、脱出用のハンドルをつかむ。目の前を白い煙を吐きながら一発のミサイルが飛んでいき、スメルジャコフの機を追っていった。

赤外線追尾方式だろうか？——那須野はふと思った。だが、彼には最後までその航跡を追う余裕はなかった。

緊急脱出ハンドルを引き上げ、一五Gに及ぶ重力に耐えながら燃える機体から脱出。

〈商人〉は死なない、なぜか那須野の胸にはそんな言葉が行き過ぎた。

四二七号機は乗員を失って間もなく、空中爆発を起こし、砕け散った。

那須野は首を振った。

海面の動きにさらされて、ほとんど酔っぱらったような状態だった。どれほど茫然《ぼうぜん》としていただろう。

ベイルアウト時の衝撃、開傘時のショック、そして海水の冷たさ。いずれも那須野を叩きのめすのに十分だった。那須野は我にかえるとすぐに小池を捜した。どこかで那須野と同じくサバイバルジャケットについた浮き袋を頼りに漂っているはずだ。

「小池」那須野は大声で呼んだ。

その拍子に海水を飲み込み、激しくむせる。視界が涙でくもった。その片隅に白いものがよぎった。海面に漂うパラシュート。那須野は必死になってパラシュートをたぐりながら泳いだ。

装具が邪魔して、思うように前進できない。

那須野は苛立って何度もパラシュートを叩いた。自分は着水して間もなく、朦朧《もうろう》としながらも無意識のうちに泳ぐ時に邪魔になる傘体を切り離している。何度も繰り返し訓練されるのが、着水と同時にパラシュートを切り離すことだった。今まで、緊急脱出に成功していながらパラシュートや装具に身体の自由を奪われ、溺死したパイロットは少なくない。

いやな予感が胸をよぎり、那須野はいっそう力をこめて水をかく。

那須野は滅茶苦茶《めちゃくちゃ》に両手を動かした。小池が波間に漂っていた。うつぶせになったまま見えた。

「小池、小池」那須野は虚しく名前を呼んだ。

彼がどういう状態にあるのか、一目ではっきりとわかった。

那須野は小池にすがりついた。背中には飛行服をすっぱりと裂いて、さらに赤い傷口まで——。

が開いていた。　那須野は小池の胴に腕を回すと抱きかかえるようにしてその身体をひっくり返した。

小池の胸は機体の破片が飛び出した時に大きく裂かれ、内臓がはみ出していた。那須野はまるでそうすれば小池が生き返るとでも思っているように必死に散らばった肉片を集め、傷口に押し込んだ。ヘルメットをかぶった小池は信じられないものを見ているように目をいっぱいに見開き、何もない虚空を凝視している。

「こんなことが、こんなことが——」涙とともに言葉が途切れた。

那須野は小池を胸に抱いたまま激しく泣きじゃくった。

頭上を二機のイーグルが飛んでいった。那須野は見上げた。主脚とフラップを下ろし、失速ぎりぎりの速度でイーグルが飛んでいく。二機とも一発ずつミサイルを発射しており、空になっているラックがあった。

那須野は米軍機がスメルジャコフ撃墜に失敗したのだと思った。

スメルジャコフの機は恐ろしく小回りが利く。おそらくミサイルの旋回半径の内側を飛ぶことができるだろう。その上、レーダー照準ができない。たった二発のミサイルで、〈商人〉を殺すのは不可能だ。

那須野は気がついた。スメルジャコフを殺すには、ミサイルでも機関砲でもなく、もっと素朴で、しかも強力なものが必要であることを——。

それが素手で首を絞めてでも、殺そうとする戦闘機パイロットの意志の力であることに気づくまで、それほど時間はかからなかった。

那須野はぎりぎりと歯を食いしばって、虚空を睨《にら》んだ。太陽が眩《まぶ》しかった。しかし小池は眉をしかめることはない。

波が二人のパイロットを翻弄する。

那須野は右手で、小池の目を閉じてやった。

二

一九七二年五月、航空自衛隊千歳基地。

一機のファントムが追い風から離脱して最終旋回を行い、向かい風の中へと突入してきた。すでに三本の脚を下ろし、フラップはフルダウンになっている。

「よし、管制塔に着陸通告をしよう」後部座席に乗っているヴェテランの二等空佐がいった。

「はい」前部座席に座っている三等空尉は緊張した声で応えた。無線機のスイッチを入れる。「こちらエンジョイ・フライト1・3。着陸態勢に入ります」

〝チトセ・タワー、エンジョイ・フライト1・3、着陸接近了解。貴機はグライドスロープに乗っている。そのまま、直進せよ〟

「了解」前席の三尉が応答した。

三尉が緊張しているのは無理からぬところだった。ファントムに機種転換して、まだ百時間しか飛行していない。パイロットが事故に遭遇しやすいのは、大体百時間から二百時間ほど飛んだ頃といわれる。事故の報道などで、飛行時間三千時間を超えるヴェテランパイロットが操縦ミスによって墜落したなどといわれるが、肝心なのは、その時操《そう》縦《じゅうかん》桿を握っている飛行機に乗って飛行時間がどれほどになっているか、なのだ。飛行機は機種によって特性がまるで違う。機種転換をしたパイロットは、自分が初心者であることを常に肝に銘じておかなければならなかった。

だが、三尉が必要以上に緊張しているのは、彼が操縦するエンジョイ・フライト1・3が油圧装置に故障を起こしているからだった。

すでに管制塔には、緊急事態を宣言していた。地上では、滑走路にワイヤが張られ、ファントムの機尾についているフックで引っかけられるように準備していた。

二佐は、違う意味で緊張していた。

すでにファントムに乗って四千時間近いヴェテランである二佐が操縦桿をとれば、前席の三尉に着陸させるよりはるかに安全、確実であることは明らかだった。だが、それではいつまでたっても三尉は緊急事態に対処できない。

二佐は、つい数分前に自らの生命を前席のパイロットに託すことを決めていた。

後席の計器パネルから二佐はエンジョイ・フライト1・3の残存燃料をチェックした。三〇〇〇ポンド残っている。それに機体重量二万八〇〇〇ポンドを加えると合計で三万一〇〇〇ポンド——約一四トンの重量があった。二佐が現在の重量を前席に伝え、三尉は管制塔へとリレーした。

「二五〇ノットに減速」二佐が命じる。「着陸装置の操作ハンドルを下げろ」

「二五〇ノットに減速、着陸装置ハンドル、下げました」

すでにファントムの脚は下りているが、三尉は生真面目《きまじめ》な口調ですべての操作を繰り返し、点検した。

「着陸装置ブレーカー、引け」二佐の落ち着いた声がいう。

「着陸装置ブレーカー、引きました」

後席にいるヴェテランのお蔭《かげ》で三尉も次第に落ち着きを取り戻してきた。二佐は脚が着陸時の衝撃で折れ曲がらないよう、さらに車輪のロック機構へ三〇〇〇ポンド分の油圧を余計にかけるように命じた。

前席のパイロットが復唱して、操作を行う。

それから二人のパイロットは、フラップを緊急位置である『ハーフ』に置き、横方向の飛行安定装置を再チェックし、ブレーキにかかる圧力がどの程度になっているかを確かめた。

フラップハーフのまま着陸しなければならないので、通常の一二五ノットより速い一六〇ノットで着陸しなければならない。二佐は車輪のロック状態を示すランプが不気味にちらつくのを見て、口許《くちもと》を引き締めた。

「さあ、落ち着いて行け」二佐が声をかける。

「はい」三尉が応えた。

〝エンジョイ・フライト1・3、進入角がわずかに低い、風は右からだ。機首方位を安定させろ〟

管制塔の指示が細かく飛んだが、すでに復唱の必要はなかった。

滑走路端を越えたファントムが高仰角姿勢をとったまま、機尾を叩《たた》きつけるようにして着地した。

「制動傘、開け」二佐がコールする。

「制動傘、開きます」三尉は復唱しながらドラグシュートの開閉スイッチを『開』に入れた。

ファントムの機尾が開き、白いパラシュートが飛び出した。鈍い破裂音を響かせ、傘体が開く。

「減速している」二佐がほっとして呟《つぶや》いた。

その時、前輪の保持装置にかかっている油圧が急激に減退した。速度はまだ一〇〇ノット以上ある。

危ない、と二佐が思った瞬間、ファントムは前輪を折り、顎をすりつけるような恰好《かっこう》で滑走路上を滑った。

衝撃で前席のパイロットは射出座席から放り出され、ハーネスで身体《からだ》を拘束していたにもかかわらず計器パネルの上方に頭を激突させた。サンバイザーが割れて吹っ飛び、破片が顔に突き刺さる。

三尉は悲鳴を上げた。

機体のあちこちがコンクリートの滑走路面に触れて、オレンジ色の火花を散らせる。燃料タンクにはまだ三〇〇〇ポンドの燃料が残っている。二佐は前席、後席の風防を弾《はじ》き飛ばすようにスイッチをセットして、入れた。

破裂音。後部座席を覆っていたポリカーボネートのキャノピーが吹っ飛ぶ。

機体は滑走路上を六〇〇メートル近くも滑ってようやく止まった。

二佐は、急いでハーネスを外すと射出座席の上に立ち上がり、さらにコクピットの側壁をまたいでエアインテイクの上に身を乗り出した。すでに周囲には煙が充満し、航空燃料の鼻をつく匂いがたちこめていた。二佐は胴体から地面に飛び下りると火の出たファントムから飛び離れた。

顔の前で両手を十文字に組み合わせ、煙を突き破るようにして飛び出した二佐は、滑走路横の草地にたどり着くとファントムを振り返った。

煙が切れ、ファントムの操縦席付近が見えた。心臓が喉元までせり上がってきたような気がした。前部座席のキャノピーは閉じたままで、中で首をうなだれ、ハーネスで身体を支えているパイロットの姿が見えた。

爆発音。

ファントムの機首が炎に包まれる。二佐は、後になっても自分が何をきっかけにして駆け寄ったのか、思い出すことができなかった。とにかく再びファントムの胴体に飛び乗り、後席付近から前席に回ったのだった。すでに機首は漏れた燃料によって火災に瀕《ひん》しており、地上から真っ直《ます》ぐに近寄ることはできなかったのだ。

サイレンの音。緊急処置班が駆けつけてくるのがわかった。

本当なら消防車が火災を消し止めてから前席の救出に行かなければならないのだが、規定に縛られている間に前席の三尉が焼死してしまう恐れが十分にあった。

二佐は胴体の右側についている緊急用の風防開閉スイッチに手を伸ばそうとしたが、火勢があまりに強く、とても無理だった。そのうち、熱せられた革の手袋が白い煙を吐いて燃え始める。

二佐は前部座席をまたぐような恰好をすると飛行靴のかかとで透明なキャノピーを思い切り蹴っ飛ばした。二度、三度、四度。キャノピーに亀裂が入る。熱で弱くなっているのだ。火の勢いがますます強まっていた。燃料タンクが爆発するまで、あと何秒あるのか、焦燥感が腹の底を焦がし、自分の身体は本物の煙に押し包まれている。

十数度蹴った時、風防が割れた。

破片を手早く取りのぞき、操縦席に半身を突っ込む。前にのめったまま失神しているパイロットの身体をつかんで引き起こし、胸の前で交差しているハーネスの金具を外した。

「起きろ、起きるんだ」二佐は必死で怒鳴った。

三尉が弾かれたように身体を震わせ、二佐を見上げる。

「早く脱出しろ。爆発するぞ」二佐が半ば叫ぶようにいう。

三尉はあわてて太股《ふともも》を拘束しているハーネスを外すと射出座席に登った。二佐が胴体後部に移動する。ようやくコクピットを抜け出た三尉が続いた。二人は滑走路上に飛び下りると草地まで駆けた。

消防車が到着して化学消火剤を散布した途端、ファントムが爆発した。

草地に転がる二人のパイロットが炎の反射で顔をオレンジ色に染めながら、肩で息をしていた。

「大丈夫か？」才堂孝次二等空佐が訊《き》いた。

「ええ。大きな怪我《けが》はないようです」那須野治朗三等空尉が顔を上げる。「お蔭で生命《いのち》拾いしました。ありがとうございます」

一九八八年十二月、航空自衛隊那覇基地。

「なぜだ？」南西航空混成団司令の才堂が憔悴《しょうすい》しきった顔で訊いた。すでに十数回、同じ質問を繰り返している。なぜ、スメルジャコフの戦闘機を撃ったのか、と。才堂の目の下には、黒い隈《くま》がべっとりとはりつき、赤く血走った目もどんよりとくもりがちだった。脂っ気のない髪がところどころ乱れている。

那須野は真っ直ぐ前を見つめたまま、微動だにしない。まばたきすら忘れてしまったようだった。

才堂のデスクをはさみ、二人は向かい合っている。

デスクの上には那須野が提出した報告書が置いてある。たった一部だけ作成された複写は、すでにT－33ジェット連絡機で防衛庁に送られているはずだった。那須野は口許を一文字に結び、顎を引いた。

なぜ、と訊かれて答える言葉を知らない。

あの状況を説明するのにもっとも近い言葉が防衛本能だろう。撃たれたから、撃ち返したのだ。あの時、那須野は何も考えていなかった。考えている間に灰になる。パイロットの本能が那須野を動かしただけだった。

那須野と才堂の視線が真っ向からぶつかった。才堂には那須野の考えていることがよくわかった。

飛行機が兵器として使用されるようになってから、生き残ることができるファイターパイロットの類型は決まっていた。人一倍遠くを見通すことができる視力、重力に逆らって重い戦闘機を振り回すことができる腕力、空間識別能力、常に一〇〇マイル先を予見するカンの良さ――だが、もっとも求められる資質は、殺し屋であること。

戦闘機乗りが常に教えられる生き残り方はたった一つだ。先に敵機を撃墜せよ。なぜか消極的戦法は教えられないし、教えられても身につかない。だから、那須野にはなぜ撃ったのか、答えようがない。

なぜ呼吸するのか、なぜ歩くのか、なぜ生きているのか――そう訊かれるのと同じことだった。

那須野は呼吸をするように敵機を照準装置に捉え、そして歩くのと同じくらい自然に撃った。そこに言葉は存在しない。才堂はそっと溜め息《いき》をついた。現在の空自パイロットの中で最高にファイターパイロットらしい男が、ファイターパイロットとしての資質を備えているがために、組織を弾き出されようとしている。

皮肉だな――才堂は思った――人生は、いつでもこの程度の皮肉に満ちている。

「誰も見ていない」才堂はしょぼついた目を二、三度しばたたいていった。

結局、昨日の夜は一睡もできなかった。那須野の僚機として飛んだ縄多、岡本の事情聴取、米空軍からの簡単なレポートの分析――さすがにＡＷＡＣＳ機の記録開示は拒否された——、防衛庁との長時間にわたる協議。普段なら徹底的に箝口令《かんこうれい》が敷かれるところだが、真実を知るのが当事者である那須野と死んだ小池しかいない以上、情報漏れを心配する必要だけはなかった。

縄多と岡本は、ソ連のステルス機を目撃していない。那須野のレポートにある通りなら米空軍機の二人の将校もソ連機を目撃しているはずだが、米軍からの回答はネガティヴだった。

才堂自身は、那須野の報告が正しいと確信していた。

那須野が飛行していた空域は、米軍によって制限が設けられていた。その中での出来事を米軍がすべて正直に話しているとは到底考えられなかった。

だが、ソ連機への発砲はまずい。

那須野は航空自衛隊創設以来、初めて外国機に向かって威嚇射撃を行ったが、今回の銃撃ではソ連機から部品が飛び散っているという。もし、三度目があったら、どちらかの撃墜という結果にまで進むだろう。緊急避難として、那須野の措置を正当化することも不可能ではないだろうが、国際政治の舞台で日本の政治家がどこまで突っ張れるか、誰でも簡単に予測できた。外国、特にアメリカやソ連の非難を浴びた途端に政治家は、航空自衛隊員の首ぐらい喜んで差し出すだろう。

「すべてを不問にすることはできる」才堂はそういいながら、デスクの引き出しからもう一通の報告書を取り出した。

表紙に『事故報告書』とある。

那須野治朗の名前が刻印してある。那須野の手によるものではない。おそらくは加納の作文だ。那須野はそう思った。もちろん、どんな役所にもおそろしく文書の捏造《ねつぞう》がうまく、八方を丸く収める才能のある男がいる。ある意味では非常に貴重な存在でもある。

才堂は那須野を見上げた。那須野の目も赤い。顎は不精鬚《ぶしょうひげ》でまだらになっている。脂の浮いた顔、小池を失ったショックがありありと見てとれる。才堂はいった。

「君のキャリアを台無しにしたくない。このまま自衛隊に残り、新たに防衛庁が計画している対ステルス研究班に移って、君の経験を生かして欲しい。第二〇五飛行隊でイーグルドライバーとして、な」

誘惑だった。

那須野は強く目を閉じた。その瞼《まぶた》の裏側にF－15イーグルのコクピットが広がった。戦闘機のロールス・ロイスと呼ばれるスマートな機体に強力な二基のエンジン。ファイターパイロットの夢の頂点にある機体。小池を失い、たった一人になった那須野にとって、単座の世界最強の鷲《わし》は、高空でむさぼる酸素より甘美な魅力だった。

那須野は目を開いた。

才堂が哀《かな》しそうな目をして、じっと加納の作った報告書を見ている。その報告書に書かれていることは明白だった。今回の事件とは、まるで関係のない訓練飛行に出た那須野と小池は、原因不明の、しかし致命的な機体故障に見舞われ、やむなくファントムを捨てて脱出。機長は生き残ったが、後部座席員は死亡した。どこからつつかれてもボロが出るような代物じゃない。それはそれで、一個の芸術品ともいうべき報告書だ。

だが――。

「なあ、那須野」才堂は表情を緩め、背後の窓から外をながめて目を細めた。

壁の時計が時を刻む。乾いた音がやけに耳についた。ふいに衝撃音が響き、窓ガラスがビリビリ震えた。ファントムのJ79エンジンのアフタ・バーナが点火した音だった。窓の向こうで、偵察型のファントムRF－4Eが一機、急上昇していく。

「今日は負けとけ。明日は勝てる。ファイターパイロットとして永遠に飛び続けられるわけじゃない。ステルスは次世代の脅威だ。その研究班で唯一、ソ連機を撃った男として確固たる地位を保つことができる。そうすれば、防衛庁の中でも、さらに上昇することができるさ」

才堂はにやりと笑って、右手で操縦桿を引く真似《まね》をして見せた。かつてファントムライダーになりたての那須野をしごいた才堂の気持ちは、痛いほどよくわかった。

だが、那須野の脳裏を、フラットスピンしながら落ちていくラインダースのファントムが、スメルジャコフの黒い機体が、そして二度と見ることのない四二七号機が駆け抜ける。最後にヘルメットをかぶった小池が笑って、親指を突き上げて見せた。

オレは何のためにこのやりとりをしたのだろう——そう思ったら、可笑《おか》しくなってきた。腹の底から笑えそうな気分だった。

「もう一度、スメルジャコフがやってきたら」那須野はしみいるような笑みを浮かべた。

それから右手を制服の襟にやり、桜の花の上に立つ羽を広げた鷲——航空記章を外した。それを静かに才堂のデスクに置く。

このバッジがこれほど軽いものだと、今はじめて気がついた。

那須野は落ち着いた声でいった。

「もう一度、撃ちます」

那須野は一礼すると、司令室を後にした。


三日後。

自宅の荷物をすっかり送り出し、引っ越し業者に金を払って部屋に戻った時、那須野のアパートの入り口に背中をあずけるようにして亜紀が立っていた。

「黙って遠くへ行ってしまうつもりだったの？」

亜紀の両目は赤くはれあがっていた。声が震えている。

那須野は肩をすくめた。

「挨拶ぐらいはするつもりだったさ。とにかく何もないけど、入れよ」

那須野はドアの鍵を開き、亜紀を招き入れた。がらんとした部屋の中央にたった一つパイロットケースが置いてある。電話機がむき出しになった線につながれて、部屋の片隅に放りだしてあった。照明器具だけはかなり古いものだったので、そのまま部屋に置いていくつもりだった。亜紀をパイロットケースに座らせ、自分は床にじかに座った。

亜紀の顔を見た。

泣きはらした顔は実際の年齢よりはるかに幼く見えた。それが亜紀の素顔なのかも知れなかった。亜紀は黒いスラックスに同じ色のブルゾンを羽織っていた。髪はポニーテールに結んであり、外気にさらされていた頬が真っ赤だった。

「クビになった」那須野はポツリといった。

「わかってる」亜紀はがらんどうの部屋を見渡しながらかすれた声でいった。

何を言葉にすればいいのかわからなかった。連れていってというのは簡単だが、那須野にその気持ちがあればとっくに言葉になっているはずだった。

「いろいろと世話になった」また那須野はポツリといった。

こういう愁嘆場がまるで不得意で、いつもマッハの飛行機の中へと逃げ込んでいたのだ。だが、今では、マッハの世界すら失った。

「小池さんのことは残念だったわ。楽しい人だった」亜紀は言葉を切り、やがて叩きつけるようにいった。「昨日、ミッチという人が来た。別の男の人と一緒だった。航空自衛隊のパイロットと」

「知ってる」

嘘《うそ》だった。那須野は小池が同時に何人もの女と付き合っていたことを知っているし、別にミッチが本命ということでもなかっただけだ。

那須野には救いが一つあった。小池は独身だったから彼の死を告げる手紙を書くのは一通だけでよかったということ。両親は東京に住んでいた。あとは大阪に嫁いだ姉が一人。だが、それは那須野の守備範囲外だ。

「何があったの？　あの空で。何を見たの？」亜紀はふいにきっと顔を上げると那須野に訊いた。

しばらく那須野は亜紀の顔を見ていた。父親を同じく空で失っている女だ。パイロットがどんなものか十分に知っている。那須野は部屋の隅に転がっていたビールの空き缶を手元に引き寄せ、胸のポケットから煙草《たばこ》を取り出すとくわえて火を点《つ》けた。

「あの日、オレと小池は五分待機だった――」やがて那須野は静かに話しはじめた。

自分がソ連機を撃った最初の男になったこと、スメルジャコフを発見したこと、空中戦のことを。亜紀は口許を引き締め、一言も逃すまいと身構えて、那須野の目を見つめていた。那須野はスメルジャコフとの会話を亜紀に残らず話した。

「お父さんは航空自衛隊の人に撃たれたというの？」亜紀は茫然《ぼうぜん》として訊いた。

「それが真相か、どうか、わからない」那須野はあっさり肩をすくめた。「奴《やっ》がまったくのデタラメを語ったとも考えられる」

あの状況、武装した戦闘機同士の会話、古い周波数――スメルジャコフが嘘をつく理由はない。パイロットというのはプライドの高い人種だ。嘘っぱちの撃墜記録をブラ下げていることを潔しとしない。

「なぜ、そんなことを訊いたの？」亜紀が訊いた。

那須野は言葉に詰まった。なぜと訊かれて返す言葉がない。特に理由はなかった。多分、いい機会だと思っただけのことだろう。

「続けて、最後まで聞きたいの」亜紀はニッコリと微笑《ほほえ》んだ。優しい笑顔だった。

那須野はスメルジャコフにフラップトリックを仕掛けて発砲したものの逆襲され、銃弾を食らったこと、緊急脱出して海に落ち、浮かんでいる小池を発見したことまでを話した。亜紀は眉を寄せ、それでもけなげに真正面から聞いていた。那須野は話し終えると二本目の煙草に火を点けた。

「アメリカの、その何とかいう飛行機は――」亜紀がいった。

「ステルス機」那須野が短く答えた。

「そう、それをあなたは見ていないのね」

「そうだ」

「本当にその飛行機は飛んでいたの？」

亜紀らしい非常に素直な言葉だった。

演習空域の広大さとちっぽけな飛行機の存在の関係を――那須野はふいに立ち上がると電話を入れた。一本目は宮古島、二本目は東京、そして三本目の電話は英語で喋《しゃべ》った。

「クソッ、こんなことが――」那須野は受話器を叩きつけるようにして置き、亜紀をふりかえった。「ＯＫ、ジャズを聴きに行こう」

「ジャズ？」亜紀はぽかんと訊き返した。


ジャズのかかる店は今日も不景気で、客は那須野、亜紀、それにラインダースの三人がいるにすぎない。バーテンはいつものようにカウンターの内側で呼ばれるまでは言葉も発することなく、無表情に手を動かしていた。今日はジョニー・ハートマンの甘い声が店の中を流れていた。あの日はコルトレーンだった、那須野はちらりと思い出した。同じ店、同じカウンター。だが、ひどく遠い昔のような気がした。

三番目の電話で呼び出した男がそこにいた。

「とんだ茶番だぜ、ハンス」

那須野はカウンターに肘をつき、隣でまずそうにバーボンをすすっているラインダースにいった。

「何のことだ？」ラインダースは煙草をくわえ、手でかこって火を点けると紫煙に顔をしかめて那須野を見た。

「お前たちはあの日ステルス機を飛ばさなかった。というより飛ばせなかったんだ。米軍のステルス機は設計仕様書通りの性能を発揮できないからな。日本の防空識別圏内を飛行すれば、ぶざまにレーダーに捉えられてしまうからだ」

ラインダースはカウンターに肘をついたまま、煙草のけむりを吹き上げた。

那須野がかけた一本目の電話は、宮古島レーダーサイトで責任者を務める男だった。

この三日間、南西航空混成団では十二月九日の米軍の演習空域をスウィープしていたレーダーの記録の解析作業を行っていた。

その結果、スメルジャコフの機はどこにも見出《みいだ》すことができなかった。赤外線追尾方式のレーダーでも記録はとれていなかった。だが、未完成であるはずの米軍のステルス機が飛行したのなら、わずかでもその痕跡が発見されるはずだが、それもどこにもなかったのだ。

航空自衛隊が対ステルス機対策に本格的に乗り出したことは空自内でも極秘事項になっている。米軍仕様のステルス機であれば、航空自衛隊のレーダーは捕捉できるのだ。もちろん、それをラインダースに喋るわけにいかなかったが——。

次に防衛庁本庁勤務をしている同期入隊の男に電話をかけ、米軍のステルス開発がどの程度進んでいるかを教えてもらった。

米軍では、ステルス爆撃機に超低空での飛行性能を付与させることを決定したばかりだといわれた。本来、レーダーに映らないステルスには低空性能など必要ないのだ。だが、それに低空でも作戦できるようにせよ、とはどういう意味か。簡単なことだった。米軍のステルスはレーダーで捉えることができるのだ。

「だが、ソ連のステルス機はうまく姿を消すことができるようだな」那須野は一言一言を押し出すようにゆっくりといった。

ラインダースが顔を向ける。ブルーの眸《ひとみ》が真っ直ぐに那須野を見つめていた。

「ソ連にステルスという発想はなかった。あれは元々わが国のものだった」

「盗まれたとでもいうのか？」

那須野の問いに、ラインダースは酸っぱい顔をした。

「エンジニアの一人が麻薬中毒になっていた。ジャンキーにとって、アメリカってのは住みにくい国でね。それで逃げだした」

「亡命か、いつもと逆じゃないか」

那須野はスツールに腰を下ろし、隣に亜紀が座る。

「行き先はキューバさ。表向き麻薬は禁制品になっているが、治外法権になっている場所がある」

ラインダースはしばらく那須野の顔を見つめていたが、口を開く気配がないので言葉を継いだ。

「ソ連大使館だよ。エンジニアは、そこで天国の気分さ」

「たった一人のエンジニアにステルス機ができるはずはないだろう」那須野は目の前に出されたグラスに手を伸ばした。

「機体デザインを担当している男だった。そいつが機体表面に塗る特殊フェライトの組成式まで盗み出して逃げ込んだのさ。ステルス機は、基本的には機体設計と表面処理の問題が解決すれば実現が近い」ラインダースは新しい煙草をくわえると火を点けた。

「エンジンと電子機器は通常のものを改良して使っているようだ。それに連中は、我々には真似のできないことをやっているんだよ」

那須野が眼《め》をすぼめた。

「スメルジャコフが乗ってきたステルス機、我々はMiG－30と呼んでいるがね。あの戦闘機には機関砲しか積んでいないんだ。無茶だよな。第二次世界大戦中でもあるまいし、爆装することも不可能なんだぜ。実験機とはいえ、壮大な無駄だ」

「だが、それでソ連はレーダーから姿を消すことができる戦闘機を造り上げた」

「お前のいう通りだ、ジーク」

ラインダースの顔がふいにゆがんだ。今までの疲労が一度に噴き出したようだった。唇をなめ、話し続けた。

「バーンズは焦っていたんだ。自分が将官になれるか、否かの瀬戸際だったからな。いつまでもソ連に後れをとっているわけにはいかない」

罠《わな》を仕掛けたのさ、とラインダースはいった。

ソ連がステルス機を完成させるためには、赤外線の放出量を極力抑えたエンジンの開発が不可欠だ。もっとも簡単に情報を収集するには、実際にアメリカ製のステルス機用エンジンが放出している赤外線を解析することだ。

そのためには、米軍のステルス機に極力接近しなければならない。だが、手厚い保護の中を飛ぶステルス機に近寄るのは、不可能に近い。そこへ沖縄での実験。警備をするのは米軍ではなく、航空自衛隊だ。もちろん、ステルス機にはべったりと米軍の随伴機がついているだろうが、今までの実験に比べれば、はるかに接近は容易になる。

「そこで武装は貧弱だが、レーダーには映りにくいソ連のステルス機が登場するという寸法さ」

「だが、なぜスメルジャコフがやってくることがわかったんだ?」

「奴はソ連空軍極東基地屈指の腕利き、しかもステルス機開発の責任者も務めている。オレたちがつかんだ情報では、他の誰にもステルス機を触らせないそうだ」ラインダースは短くなった煙草を灰皿で押しつぶした。「間違いなく奴が来ると思っていたよ」

「それでオレと小池を囮《おとり》に使おうと思ったのか？」

「何のことをいっているのか、さっぱりわけがわからない」ラインダースは天井を見上げた。

「とぼけるな」那須野は怒鳴りつけるとラインダースの手からグラスを払いのけ、胸ぐらをつかんで自分の方を向かせた。「お前はスメルジャコフを追うためにオレたちを囮にしたんだ。ＡＷＡＣＳがずっとオレたちを捕捉し、お得意のコンピューターリンクでお前の機へ情報を流していたに違いない。そうすれば、たとえお前のＦ－15が接近してきてもオレたちの後方レーダー警戒装置は作動しないからな。息をひそめて接近することができたはずだ」

「証拠はない」ラインダースは不敵ににやりと笑った。

「いえよ、ハンス」那須野は手を放すと静かにいった。「お前たちの本当の狙いは何だったんだ？」

「新型ミサイル」ラインダースがポツリといった。

那須野がラインダースをにらみつける。

「それは空白をだますための口実じゃなかったのか？」

「違う」ラインダースは首をふった。「ステルス機が飛ぶというのは真っ赤な嘘。だが、ミサイルの話は本当だ。もっとも超長距離ミサイルではない。改造型のサイドワインダーだ。ステルス機に対抗するためにはレーダー照準の武器は使いにくい。そうかといって赤外線追尾式では熱線デコイを放出されたり、より大きな熱源があるとそっちを追い掛けてしまう」

那須野はうなずいた。スメルジャコフに対し自分がサイドワインダーを放った時のことを思い出した。

「どういう仕組みになっているんだ？」

「極秘事項だ」

ラインダースはそういって横目で那須野を見ると目を細めた。

あの日、操縦席につけられていたペーパーバック大の黒い機械がラインダースの脳裏をかすめる。那須野の目に凶悪な光が溢《あふ》れる。ラインダースは溜め息をついて、話を続けた。

「音響追跡装置を内蔵したのさ。マイクロプロセッサを搭載して自分の風切り音を除去し、あらかじめプログラムされたジェットエンジンの発する周波数を追跡するようになっている」

「今までにスメルジャコフが乗っていた機と遭遇したことがあるのか？」那須野はウィスキーソーダの入ったグラスを手にした。

「ない」ラインダースはバーテンダーが目の前に置いた新しいグラスをとった。「だから我々はミグが搭載しているツマンスキー最新型エンジンの音をプログラムするだけで満足しなければならなかった」

「〈商人〉は逃げた？」質問のようで、質問ではない。那須野には確信があった。

ラインダースはしばらくの間凍りついたように動かなかったが、やがて油の切れたロボットのようにギクシャクとうなずいた。

「いい線までいったが、ダメだった。近接信管は取り外してあったから、ミサイルは不発のまま海上に落下した。我々はそれを回収した。奴の音はばっちり録音されたよ」

「転んでもタダでは起きないんだな」那須野は鼻を鳴らした。「奴にはミサイルを二発撃ったのか？」

「いいや、バーンズが一発放っただけだ」いってからラインダースは顔をしかめた。後悔がありありと見える。

「オレたちを撃ったのはお前だ」那須野の声は平板だった。

亜紀が息をのむ。彼女もその程度の英語はわかる。

那須野は才堂司令から小池の検死報告について聞かされていた。

報告書によれば、小池は脱出するまでは息があった。大腿部《だいたいぶ》の動脈断裂と右手指の損傷はファントムから脱出する前にできたものだが、致命傷となった胸の傷は脱出後に負ったものだった。しかも傷口には米空軍しか使用していない特殊塗料が付着していたのだ。

「撃ってはいない」ラインダースは喉のつかえを無理に押し出すようにいった。「お前たちの手前で自爆させたんだ」

那須野はそっぽを向いたまま黙ってグラスを傾けた。

「出よう、ハンス。河岸《かし》を変えようぜ」

那須野が金を払い、表に出た。雨が降っていた。力のない、細い雨だった。店を出て一〇メートルと歩かぬうちに那須野はくるりと振り向くとすぐ後ろを歩いていたラインダースの鳩尾《みぞおち》に右ストレートを決めた。

うめき、身体を折るラインダース。

那須野は下がってきた顎にさらに左フックをブッ放した。ラインダースの巨体が弾け飛び、電柱に激しく背中をぶつけた。苦しげに息を吐きながら、尻餅をつく。

那須野は亜紀の小さな肩に手をまわした。

「帰ろう」

「こんなことなら、ジーク」ラインダースは那須野の背中に押し殺した声をかけた。「お前をあの時殺しておくべきだったよ。下手な情けをかけないで――」

那須野が肩越しに振り返る。暗い、深みをたたえた眼がラインダースをじっと見つめた。その眼を見ることは、断崖絶壁から光の射《さ》さない深淵《しんえん》をのぞきこむのに似ている。

ライングースは腹の底に氷をぶちこまれたように感じた。舌がもつれ、言葉が口の中で転がり、消える。喉が渇き、動悸《どうき》が胸の真ん中を打つ。那須野の瞳にはギラギラした光はなく、むしろ哀しげだった。だが、ライングースはデッド・シックスを敵機に取られた時よりはるかに激しい感情にとらわれた。

恐怖だった。荒い息を吐いて、目を伏せる。

殺し屋ジーク。その影が那須野の身体からゆっくりと立ちのぼっているのが見えたからだった。

エピローグ

一九八九年一月、成田新東京国際空港。

南ウィング四階にある出発ラウンジの混雑は、時間を追うごとに激しくなっていくようだった。

「本当に戦闘機乗りだったとはな」

白いコートの男は煙草《たばこ》を取り出して一本くわえながらいう。思いついたように煙草のパッケージを那須野に向かって差し出した。那須野は手を伸ばして、一本抜いた。白いコートの男がオイルライターで火を点《つ》ける。

「わかっていたんじゃないのか?」那須野が訊《き》いた。

「当てずっぽうさ」白いコートの男は煙を吐きながらいう。「私も戦闘機を飛ばす。だが、ファイターパイロットじゃない。取扱品目の一つに戦闘機が入っているんでね、まあ、フェリーを人任せにするより安く上がるし、安心もできるからな」

「武器商人なのか」那須野は淡々といった。

「ただの貿易商だよ。売る人間がいて、買う人間がいれば、戦闘機を売る。ただ、それだけのことだよ。商人が気にするのは、自分の売った商品が傷物ではないか、ということだけでね」

「なぜ、オレに声をかけた？」

「退屈してそうに見えたんだ」白いコートの男は急に真顔になった。「不思議なのは、あんた、私の素性を一度も訊《たず》ねなかったな。見知らぬ人間にも気安いのか？」

「退屈してたんだ」那須野がにやりと笑った。

「どうしてそんなに退屈してしまったんだい？　人生はスリリングで、ロマンの香りに溢《あふ》れているもんだぜ」

「平和過ぎるんだろう」那須野は他人事《ひとごと》のようにいう。「明日も確実に生きていると今日のうちにわかってしまうのは、案外つまらない」

「危険思想だな」白いコートの男は手を差し出した。「チャンだ」

那須野がチャンの手を握り返す。

「あんたの名前は？」チャンが訊ねた。

出発ラウンジにローマ行き、アリタリア航空二一一便の搭乗案内をするアナウンスが響く。那須野は手を放し、床に置いてあった黒い革のパイロットケースを取り上げた。背を伸ばす。

チャンと眼《め》があった。那須野はしっかりと応えた。

「ジーク」

スペシャル対談

さわや書店フェザン店
田口幹人
×
ときわ書房本店
宇田川拓也

『ゼロと呼ばれた男』の復刊に際し、書店員のお二人を招き、本書と、鳴海章作品の魅力について語っていただきました。数年にわたり復刊を希望するメッセージを送り続けてくださったお二人の、熱い対談をお楽しみください。

田口　五年前くらいからですね、『ゼロと呼ばれた男』を復刊してほしいと言い続けてきて、なかなか実現しなかったわけですが、とうとう辿《たど》り着きました。

宇田川　僕もそうです。集英社の方にお会いするたびに、ゼロ、どうなってるんですか？　と、しつこく聞いていましたからね。

田口　船橋《ふなばし》と盛岡《もりおか》という離れたところにいる二人が、同じ思いを持っていた。復刊が実現した今、他の書店さんには置いてもらわず、僕たちの店だけで売りたいくらいです（笑）。

宇田川　独占したいですね（笑）。

田口　振り返ると単行本が刊行されたのは一九九三年で、僕が最初に読んだのは社会人になった頃でした。当時、船戸与一《ふなどよいち》さんや逢坂剛《おうさかごう》さんらの「冒険小説」が流行《はや》っていた時代で、その流れで、鳴海作品を手に取ったのです。今回、読み直したら、驚くほど新鮮でした。最近の小説ではなかなか出会うことのない太さを感じたんですね。『ゼロ』

くらいの熱量をもった小説、少なくなりましたよね。もちろん今の小説が悪いわけではなくて、熱量が表に出るきっかけが減ったんだと思うんですが。
宇田川　それはわかります。この小説の、中でも主人公・那須野治朗《なすのじろう》が放つ熱量はただごとではない。今だったらもう少しライトな方向に寄せるとか、あるいはアツさよりもクールさを強調するような気がするんですけど、この小説はそういう方向には行かないんです。田口さんが仰《おつしや》ったように、太くて、強くて、熱い。
田口　読んでいて首が痛くなりますよね。戦闘機のファントムを操縦中の那須野には通常の四倍の「四G」がかかっている、という描写が出てきますが、読んでいる自分にも同じように大きなGがかかる（笑）。
宇田川　そうなんです！　鳴海作品の操縦時のディテールは唯一無二ですから、読んでいると、那須野やパイロットが乗り移ってくるんです。たとえば6章に、ファントム同士で那須野とドイツ人パイロット・ラインダースが闘うシーンが出てきます。あそこは時代小説の一対一の決闘シーンに通ずるような緊迫感と説得力があります。
田口　ほんの一、二分間、言ってみれば一瞬の世界を、スピード感を維持したまま、わかりやすい言葉に落とし込んでいるんですよね。
宇田川　確か宮部《みやべ》みゆきさんが、月村了衛《つきむらりようえ》さんの〈機龍警察〉シリーズを評して、アクションシーンは普通、登場人物がどう動いているか、どう戦っているかを頭に描きづらいけど、月村さんの作品は、何が起きているかがすごくよくわかると書いてらっしゃるのをどこかで読んだことがあるんです。同じ感想を『ゼロ』にもちました。空戦シーンはありありと目に浮かぶし、自衛隊の警戒待機所で緊急発進要請を受けたときのパイロットの動き（ホットスクランブル）なども、ああ、こうやって動くのかと順を追って仔細《しさい》にわかる。ものすごく調べられたんだと思います。

田口　鳴海さんの作品には、たとえば『謀略航路』のようにサスペンス色の強いものもありますが、『ゼロ』は「戦闘機乗り」という一点に集中しているし、こだわっているんだと思うんですね。僕らの年代、あるいはもう少し上の年代は、そういうシンプルな強さに夢中になったんです。

宇田川　登場人物たちもいちいち熱い。ひとり、個人的に大好きなキャラクターがいます。整備小隊第二班班長の工藤秀三《くどうしゅうぞう》。「マニュアルはオレ」で、必要があれば、連続九十六時間までなら不眠不休で整備の仕事をする、これぞ職人。『ゼロ』を初めて読んだ高校生のとき、工藤、マジか！　と大興奮したのを覚えています。以来、工藤ファンです。

田口　今読んでも、工藤にときめく人、絶対いるはずです。

宇田川　いるはずですよね。

田口　欲を言えば、那須野と亜紀《あき》の恋の話をもう少し読みたかったかな。

宇田川　最後にもう一度、亜紀が出てきて、とはならないんですよね。
田口　そっけないから、余計に後を引くんでしょうね。
宇田川　この本の舞台は一九七〇〜八〇年代で、那須野は「ソ連機を撃った男」ですよね。世界は冷戦下にあり、緊迫感は今と比べようもないわけですが、過去の話かと言えばそうではない、むしろ新鮮な印象を抱いてもらえるんじゃないかと思います。
田口　そうなんですよ。当時は日本の領海で米・ソがやりあうなんてことが実際に起きるだろうかと思っていたけど、むしろ今だったら、日本の領海で何かが勃発する可能性はあるような気がする。また、ソ連という国はなくなりましたが、イスラエルを取り巻く情勢は現在にまでつながっています。それからこの小説は時空を行きつ戻りつして進んでいくから、今僕たちが生きている世界も、この時間軸のどこかにすっぽり収まるような感覚で読めるんです。もしかしたら今読んだほうが面白いのかもしれません。
宇田川　もうひとつ、この作品が決して古びないのは、那須野がファイターパイロットであると同時に自衛官であるという設定にあると思います。本文にこうありますよね。
「飛行機が兵器として使用されるようになってから、生き残ることができるファイターパイロットの類型は決まっていた。人一倍遠くを見通すことができる視力、重力に逆らって重い戦闘機を振り回すことができる腕力、空間識別能力、常に一〇〇マイル先を予見するカンの良さ――だが、もっとも求められる資質は、殺し屋であること」。〝殺し屋〟を求められながら、しかし、自衛官なんですよね。先制攻撃はできない。けれど、戦闘機乗りである以上、やられる前にやらなければならない。その矛盾やジレンマを秘めながら任務に当たるがゆえの懊悩《おうのう》と、辿り着く境地……やはりこれは日本でしか生まれない物語だし、日本人の作家しか書けない小説だなと。海外の作家がファイターパイロットを描くとなると、もっと単純に困難なミッションに挑むとか、あるいは老いにどう抗《あらが》うか、家族と向き合うか、という話になるんじゃないでしょうか。

田口　そうですね。だから今の自衛隊の人が読んでも、共鳴する部分は多いのではないかと思いますね。先に撃ってはいけないけれど、撃たれるわけにもいかないという状況下で、職業としての戦闘機乗りはどう生きるのか。今回、読み返して、改めてむちゃくちゃよかったです。僕は「その土より生まれ出《い》でし者、その土へ帰れ。その川より生まれ出でし者、その川へ帰れ」という一文がすごく引っかかっているんですね。日本にはかつてゼロ戦という、那須野のコードネーム〈ジーク〉の由来にもなっている戦闘機があって、特攻（特別攻撃隊）に使われたときは、帰らない覚悟で飛んで行ったわけですよね。そういう歴史を踏まえると、この〝帰ってくるんだ〟という一文がひどく沁《し》みるんです。すごい本だなあと。

宇田川　そういう一文が書かれているからこそ、鳴海さんの作品は読み返したくなるのかもしれませんね。航空アクションのエンタテインメントとしてももちろん十分に楽しめるんだけど、その枠には収まりきらない、ずっと残る熱があるから。

田口　いつまでも残る一言一言に出会いたくて、鳴海作品を読んでいるところがあるような気がします。残る本って面白いですよね、やっぱり何かがありますよね。

宇田川　今、ベストセラーの本が、必ずしも十年後に残るわけではありませんからね。世界は変わるし、人も変わっていく。けれど『ゼロ』を今読んで痺《しび》れるように、変わらないものがあるのも確かなんです。そういうものをもっている本は、今回のように、また浮上してくるんでしょうね。

田口　実は僕は、かつての名作が再びクローズアップされるこうしたケースが増えていくと予想しているんです。今、新刊本の点数が多くて、読者は何を読んでいいかわからない状態にあると思うんですね。だから昔の作品も含めて、これが面白いよと押し出してあげるのはすごくいいことだなと。今回、新たな装いをまとった『ゼロ』が書店にどーんと積まれたら、四、五十代くらいのサラリーマンが「おっ！」と、足を止めてくれるんじゃないかと期待しています。店頭で「あの頃の熱さを思い出してみませんか」と呼びかけたら、今日はまっすぐ家に帰らずに、ちょっと喫茶店に寄って本でも読もうかなって心動かされる人がいるんじゃないかな。

宇田川　家庭がある男は、家に帰ると何かと忙しく、熱さを語ってる場合じゃありませんからね（笑）。

田口　そうそう（笑）。この本は、新しい読者に楽しんでいただくと同時に、かつて夢中になった読者が手に取ってくれるはずだと僕は思っているんですよ。お客さんからどんな反応があるだろう、とか、店頭での展開が今から楽しみですね。

宇田川　それから最近は、カッコいい男が活躍する物語は女性にも人気です。

田口　そうですね。うちの店では、自衛隊関係の本は、今、圧倒的に女性が買ってくださっています。「男のロマン」と聞くと、女性は自分には遠い世界と感じるようですが、「カッコいい男の物語」と打ち出せば、女性の読者にも広がると思います。

宇田川　そして、『ネオ・ゼロ』『スーパー・ゼロ』『ファイナル・ゼロ』と、ゼロ・シリーズの三作品の復刊が続いたら、これほどうれしいことはありません。

田口　いけるんじゃないでしょうか！

宇田川　この本だけを読んだ人に、あとの三作で那須野がどうなっているのか、話したくてうずうずしています。まずは『ゼロ』を読んで、航空小説って面白い、鳴海さんの航空アクションって凄《すご》いって思ってくれる読者が増えたらいいですね。

（構成／砂田明子）

本文デザイン／成見紀子

本書は一九九三年四月、書き下ろし単行本として集英社より刊行され、
九五年に集英社文庫として刊行されたものを改訂しました。

集英社文庫

ゼロと呼《よ》ばれた男《おとこ》

2017年5月25日 第1刷　定価はカバーに表示してあります。

著　者　鳴海《なるみ》　章《しょう》

発行者　村田登志江

発行所　株式会社 集英社
東京都千代田区一ツ橋2-5-10　〒101-8050
電話　【編集部】03-3230-6095
【読者係】03-3230-6080
【販売部】03-3230-6393(書店専用)

印　刷　中央精版印刷株式会社　株式会社美松堂

製　本　中央精版印刷株式会社

フォーマットデザイン　アリヤマデザインストア　マークデザイン　居山浩二

ISBN978-4-08-745586-1 C0193